マリエ

千早茜

文藝春秋

マリエ　目次

マリエ

新しい香水
白いシーツ
離婚

吐いた息の白さに目を奪われた。

きんと冷えた空気は寒さより清々しさを感じさせ、見上げた空は高く澄んでいた。雲ひとつない。ここ数日、冷たく降り続けていた雨の気配は微塵もなかった。朝の透明な日差しが眠気で濁った目の奥を洗っていく。

まっさらな天気だと思った。高らかに晴れている。窓を開けると流れ込んでくる車の騒音も、今日は遠く感じる。

ベッドに膝をついたまま、かすかに鼻をつんとさせる冬の匂いを味わった。朝のニュースが今季一番の冷え込みを告げている。ふり返ると、首を縮めて前屈みに歩く人々の映像が流れていた。ビルの建ちならぶ灰色の街。見上げれば、こんなに澄んだ青があるのに、と思う。外は確かに寒そうで、出窓の縁にかけた私の指先は感覚がなくなってきているのだけど、見えない氷の結晶がちりばめられたような空気は嫌ではなかった。ぐずぐずとぬるいよりずっといい。

なにより、この清廉さすら感じるような寒さは、今日という日に相応しいように思われた。

シーツを洗って干したいけれど時間がない。惜しいな、と思いながら伸びをする。

「さて」

つぶやくと、白い息が視界を流れていった。青い空にもやがかかったようなその景色をどこかで見たような気がした。


車が行き交う通りの向こうに猫背の姿を見つけた。片手を挙げかけて、手を振るような状況でもないと思いなおし、気づかないふりをして歩道橋を渡った。

脚をひらいて腰を落とし気味にして立っている。森崎《もりさき》だ。

懐かしいでもなく、ただ、森崎だ、と思えたことに少し安心した。

引っ越してから丸二ヶ月、会っていなかった。思えば、出会ってからそれだけ長い時間を離れて過ごしたのは初めてだった。

階段を降りていると目が合った。ポケットに手を入れたまま、「おー」と白い息を吐く。低い声は騒音にまぎれて私の耳には届かなかったが、記憶が彼の声を頭の中に響かせる。

「おはよう」と言って横に並ぶと、森崎はちらりとまわりを窺い、ポケットからマスクを引っ張りだした。「おはようさん」と返して歩きだす。一緒に住んでいるときは、挨拶をしても反抗期の中高生のように「ん」としか言わなかったのに。

「悪いね、休みを取ってもらって」

殊勝なことも言う。よそよそしいわけではなく気遣っている。めずらしい、と言いかけて、今は波風をたてたくないからだと気づく。届けを持っているのは私だ。やっぱり嫌だとごねられたら困るからだろう。

「年内に消化しないといけない有休が余っていたし大丈夫」

鼻白んだ気分で、たんたんと返す。

「忙しくないの」

「上が使わないと若い子が休みにくくなっちゃうから」

「へえ、あー今日は冷えるな」

「そうだね」

会話は特に盛りあがりも広がりもしない。互いにそう努めている。「寒い」「寒い」と言いながら役所へと続く銀杏の並木道を歩いた。

雨はかろうじて残っていた金の葉をくまなく地面に落としていた。青い空とのコントラストはきれいだったろうなと残念になる。できるなら、今日はきれいなものだけ見たい。

「そういえば、布団乾燥機ってどこにしまってある?」

役所の案内板の前で森崎が言った。

「寝室のクローゼットの一番上の棚」

上着から見覚えのある厚手のニットが覗いた。腰の辺りの毛玉が目についた。冬物の防虫剤は新しいものに替えただろうか。洋服ブラシも毛玉クリーナーも私が持っていってしまったけど買っただろうか。頭に浮かんだお節介を呑み込んで、「三階だって」と先にたった。エレベーターは息が詰まりそうで階段を選ぶ。森崎はちょっと億劫そうに段を見上げたが、大人しく私に従った。

手続きはあっけないほど順調に進み、書き漏れがないか何度も確かめた薄い緑色の紙はあっさりと受理された。係の人は親切で、本籍地と世帯主の変更届をはじめとした離婚後に必要な手続きをひとつひとつ確認してくれた。それでも、言われるがままあちこち記入し、役所を出ると、もう昼を過ぎていた。

これからまだ運転免許証やパスポートの書き換え、会社への報告をしなくてはいけない。通帳やカードの変更手続きもある。面倒だとは聞いていたが、住所も苗字も変わらなかった森崎との差を目の当たりにして、不公平さに愕然とする。そもそも、スタジオカメラマンという、平日に休みを取りやすい職に就いている森崎が姓を変えてくれたほうが効率的だったのではないか。

そうこぼすと複雑な顔をされた。

「……いや、だってこんなこと想定して籍を入れないでしょ」

私は、想定してなかったよ。言いだしたのはそっちでしょう。

思わず言い返しそうになる。でも、いまさら言っても仕方のないことだ。もう何度も訊いたし、責めたし、話し合った。離婚届を提出した以上、森崎には私の愚痴や不満に付き合う義務はない。私たちは他人になったのだ。煩雑な手続きだっていつかは終わる。ひとつひとつ、たんたんと片付けていくしかない。

私たちの横を二十代くらいの男女が談笑しながら通り過ぎていく。手袋もつけず、寒さで赤くなった指を絡めて弾むように歩いている。

「同じ窓口なんだね」と森崎が言い、私たちの後に婚姻届を提出していた男女だと気づく。女の子の白っぽい金髪が日差しに透けて、男の子の耳で工具のようなピアスが光った。ぱちぱちと透明に輝いている。あんな無敵感が私たちにもあったのだろうか。まったく思いだせない。

なんとなく気をそがれて、「係の人、感じよかったね」と言う。

「うん、役所で感じのいい人にあたるのはじめてかも」

「警戒されたのかもよ」

「なんで」

「泣いたり揉めたりしないか。離婚届を一緒にだしにくる人ってめずらしいんじゃない?」

「そんなことないでしょ」と森崎はのんびりした口調で言った。待ち合わせのときより明らかに緩んでいる。

「そういえば、今日ってなに?　大安とか仏滅とかそういうやつ」

駅に向かう私についてくる。相変わらず、検索すれば一瞬でわかることを訊いてくる人だと思うが、私もスマートフォンを取りだすのが億劫だった。

「さあ、わかんない。なんで」

「友引だったら嫌がられるかなって」

証人になってくれた友人のことを言っているのだと数秒たってわかった。森崎は主語を省いて話す癖がある。会社でこういう人がいたら面倒だなと思いつつも、これを甘えのように感じていたときもあった。

「早希《さき》は経験者だから」

「あれ、そうだっけ」

「うん、いまどき離婚なんてめずらしいことじゃないし」

「お義姉《ねえ》さんは?」

まだそう呼ぶのか。ちょっと呆れたが、それより離婚届の証人二人を私が探さなくてはいけなかったことを思いだして嫌な気分になった。特に姉からは離婚の理由が納得いかないとけっこうしつこく食い下がられた。

私だって納得できてはいない。それなのに、身内を納得させなくてはならず、その上、そっちも証人を用意して欲しいと森崎に文句を言ったら、返ってきた言葉は「そんな恥ずかしいこと頼めないよ」だった。顔色の変わった私を見て、慌てて「俺、友達いないし」とつけ加えたが、あのときはけっこう激しい口論になった。

「どうだろうね」と流す。森崎もそれ以上、訊かない。「ねえ、もう帰る?」と駅の方向を見遣る。

「だって、警察署とか行かなきゃ。免許証の変更しないと」

「ああ、そっか。ちょっとだけ時間ないかな」

「なに」

「昼飯、食わない？」

森崎は姿勢が悪いから、ヒールを履くとすぐ近くに顔がある。見慣れた顔をまじまじと眺めた。

ずっと森崎はよくわからない、と思っていた。マイペースで、でも頑固で、ちょこちょこと優しい。三十代のほとんどを一緒に過ごしたけれど、読めないところがあって、そこが魅力だと思っていた。でも、たぶん、わかってしまったら気持ちが維持できなくなるから、わからないふりをしていたのだ。

会社員の私は基本的には平日の休みはない。今日くらいしか動けない。森崎はそんな私に、忙しい師走に休ませて悪いと謝りながらも、自分の都合をやんわりと優先する。口調はのんびりしているが、勝手で、他者への気遣いができない男なのだった。

ぜんぶ呑み込んで「ビール飲みたいだけでしょう」と言う。

「ばれたか」

森崎は悪びれもせず笑った。

駅前の点心の店に入って、定食ではなくアラカルトで頼んだ。小ぶりな蒸籠《せいろ》にちんまりとおさまった小籠包《ショウロンポウ》や焼売がふかふかと湯気をあげてやってくる。店内は胡麻油の匂いがした。森崎はテーブルの中央に置かれた透明なアクリル板をずらし、揚げたての春巻を頬張った。「熱っ」と叫びながらもぱりぱりと小気味よい音をたてて咀嚼する。舌を火傷しようとも、森崎は熱いものは熱いうちに食べたがる。もうビールで顔が赤い。

調味料の瓶に手を伸ばすと、「はい、お酢だよね」と取ってくれる。私たちの間にとん、とん、と新しい蒸籠が置かれた。どれも三つ入りだった。三つ、と思う。三という数字に私たちは縁がなかった。家族が三人になることはなく、ずっと二人だった。

深い緑が透ける翡翠餃子を指して森崎が言う。

「これ、二つ食べていいよ。春菊、好きでしょ」

時空がゆがむ気がした。この、もう夫ではない男と、何度こうして食事を共にしただろう。互いの好物も、間《ま》も、飲むスピードも、知っている。箸の動きひとつでどれくらい空腹かも、味の好みも、わかる。でも、もう関係ない人なのだ。私をよく知っているという顔をした関係ない人が、目の前で盛んに食べて飲んでいる。

森崎があれっという顔をした。

「春菊、好きじゃなかったっけ?」

「いや、好きだよ」と自分のこめかみに手をやる。「なんか、親戚のおじさんみたいだなって思って」

「なんだよ」と不服そうな声をあげながらも、隠すように腹に手をやる。カメラマンという基本的にカジュアルな服装をする職種のせいか、歳よりは若く見える。けれど、数年前からニット越しでも体のゆるみがわかるようになった。

「自分もおばさんでしょ」

「そうだけど」

でも、あなたはおじさんだったら駄目でしょう。恋愛がしたいと言って離婚を切りだしたのだから。

恋愛？　と目を剥《む》いた姉の顔がよみがえる。

――恋愛なんて外で好きにしたらいいじゃない！

わからなかった。恋愛をしたいから離婚するのが普通なのか、結婚していても隠れて恋愛するのが普通なのか。はっきりしていたのは、どちらも私の価値観とは違うということだった。

いまでも納得はできていないし、わからない。けれど、応じたのは森崎が「ごめん」と言わなかったからだ。

こめかみに触れていた手を下ろす。「動揺すると、すぐそれ」と指摘されたのはいつのことだったか。もう私に興味がないのか、忘れたのか、森崎はなにも言わなかった。ランチタイムで賑わう店を見まわして店員を呼び、生ビールのお代わりを頼んだ。ふうっと息を吐き、「やっぱり泣かなかったな」と私を見た。諦めに似た笑いがにじんでいた。どこか演技がかっても見えた。

本当に泣いて欲しかったら、こんな騒がしい店なんて選ばない。こちらだってもう自尊心や感傷に付き合う義務はないのだ。

胡麻油と挽肉の匂いのする湯気の向こうの森崎を見つめる。

いま、泣いたり、気持ちを吐露したりしたら、なにかが変わるだろうか。さっきの若いカップルのように手に手を取って役所に戻って、もう一度やり直そうと婚姻届を引っ摑むだろうか。

ありえない、と思う。

「そんなもんでしょ」

「こんなもんか」

言い合いながら安堵している気がした。古い薬めいた味のする普洱茶《プーアル》をひとくち飲んで、森崎が待っていたであろう言葉を口にした。

「春巻、二本食べていいよ。揚げもの、好きだったでしょ」

警察署にはタクシーで行くほうが早いと気づいて、店を出るなり車を停めた。ぽかんとした顔の森崎に「お疲れさま」と手を振る。

「お疲れさま」以外に言うことがなかった。引っ越しの際に言い尽くしたというのもあるが、もうお腹がいっぱいだった。店の喧騒や油を含んだ蒸気に、森崎との時間や思い出に、そして、森崎の匂いに。

ずっと口で息をしていた。後部座席のシートに体を預けて、深呼吸をする。

タクシーの車内は、煙草と乾燥した頭皮の匂いがした。初老の男性の、古い脂めいた肌の匂いもする。でも、知らない人間の体臭のほうがまだましだった。

森崎は一緒に暮らしていたときと同じ香水をつけていた。私があげた、コリアンダーがベースの甘くてスパイシーな香りのものだ。みずみずしくも官能的だと思っていた香りが、今日はべったりと絡みついてくるように思えた。

役所でも、店でも、その香りがしつこく鼻腔をくすぐるたび、カーテンの閉めきられた寝室を思いだした。一面が本棚になった壁の前で、森崎は棚に置いた香水瓶を手に取って自分の首筋に吹きかける。それから、両の手首に。覚醒しきっていない意識を、森崎の肌と混じった香水の匂いが撫でていく。

朝が早かった森崎が寝室を出るのはきまって私より先で、冬はエアコンをつけて部屋を暖めてくれていた。そんな小さな親切を思いだした。目覚めると、暖まった部屋はいつも森崎の匂いが充満していた。ときにはそこに私の肌や汗の匂いも混じっていた。

森崎のことを嫌いになったわけではなかった。互いに恋愛感情がなくなり、人生を共にしないことになっても、人間としての情は消えないと思っていた。むしろ、恋愛感情よりも安定した感情を自分は保てていると信じていた。

けれど、匂いは駄目だった。もう受けつけなくなっていた。特に、あの一緒に暮らしていた頃の記憶をまとった香りは。

「はい、着いたよ」

年配の運転手が馴れ馴れしい口調で声をかけてくる。ICカードで手早く会計をして降りようとすると、運転手は警察署を横目で見て「刑事さんとか?」と冗談っぽく言った。

「違います」

「ごめん、ごめん、お姉さん、きりっとしてるからさあ」

はあ、と曖昧な声をだして笑ってごまかす。助手席に弁当箱が置いてあった。数年前に流行ったアニメのハンカチで包まれている。こういう人にも妻や子供がいるのだと思うと、複雑な気持ちになった。自分だったら、年下の女性と見るや客だろうとタメ口で喋りだす夫なんて恥以外のなにものでもない。

それでも、「ありがとうございました」と目元だけで微笑んで降りる。それがせめてもの矜持《きょうじ》だ。

森崎もああならないといいけれど。心配しかけて、もう自分に属するものではなくなったことを思いだす。自分ももう誰にも属していない。そう思うと、面倒な手続きに向かう足がかすかに軽くなった。

手続きが早く終わったので、寄り道をすることにした。

家の最寄り駅を通過して、閑静な住宅街のある駅で降りる。ひんやりとした緑の匂いがした。冬でも緑の葉を茂らせた大樹がそびえ立つ公園の裏手に、アンティークショップや雑貨屋がちらほらとある。そのうちのひとつの、フレグランスグッズを扱う店を目指した。

黒い金属で縁どられたガラスの扉を覗くと、カウンターの中で林《はやし》くんがひょいっと頭を下げた。

「桐原《きりはら》さん、おひさしぶりじゃないですか」

なめらかな身のこなしで扉を開けてくれる。店内からリゾートホテルのような香りがあふれだす。

「引っ越ししたりしてたからバタバタしていて」

「え、転勤ですか？　あ、でも、平日にくるってことは、まさか転職ですか？」

「ううん」と首を振る。

「そうですよね、まりえさん、めっちゃ大手ですもんね」

「まあ、名前だけはね。引っ越しはプライベートで。離婚してね、いま届けをだしてきたとこ」

「それはそれは」と林くんは白い歯を見せて笑った。学生の頃は野球をやっていたという彼は、今も体を動かすことが好きで、冬だというのに肌はよく日に焼けている。性格もあっけらかんと明るい。相手の懐にもぐりこんで話を聞くのがうまく、顧客のほとんどは女性らしい。森崎の香水を選んでくれたのも、まだデパートの店員だった頃の林くんだった。

「じゃあ、桐原さんじゃなくなりました？」

「そっちが旧姓だから。会社でも旧姓のままで仕事していたし変わらないの。それでも、免許証や健康保険とかの変更はあるから面倒で」

林くんは私のバッグを預かり、流れるように後ろにまわるとコートを脱がしてハンガーにかけた。腕を動かすたびに背中の筋肉が隆起し、ジャケットに張りを与えている。

「新しい門出に香水を変えたくなりましたか」

「門出、なのかな。元に戻っただけじゃない？」

「元には戻れないですよ。戸籍的にも結婚をなかったことにはできないですよね」

「嫌なことを言うね」

拗《す》ねたような口調で言ってしまい、はっと先ほどのタクシー運転手を思いだす。自分も年下の異性にくだけた話し方をしてしまっている。おまけに、タクシー運転手に対するのと明らかに態度が違う。恥ずかしくなって口をつぐむ。

「とりあえず、お水はいかがです？　ガスありとガスなし、どちらがいいですか。白湯でもいいですけど」

「ガスありでお願いします」と言ってから、「私、匂いますか？」と口元を手で覆う。

「お昼、中華でしたね。一度、リセットしたほうが選びやすいかと」

「嫌だなあ、もう」

うなだれると、「僕、中華、好きですよ」と林くんがグラスを差しだしてきた。炭酸の泡がふつふつとたっている。

「そういえば、桐原さんとお食事に行ったことないですね」

どうです、というように小首を傾げる。これは誘っているのだろうか。もう十年近くも恋愛めいたことをしてきていないので確証が持てない。恋愛どころか、ここ数年は森崎以外の男性と出かけることもなかった。

「よくお客さんと食事に行ってるの？」

「そうですね。まとった香りが、この店以外の場所だとまた違う変化をするのがおもしろくて。特に夜は香りが深まりますから」

「仕事熱心だね」

「好奇心は大事なんですよ」

林くんは邪気のない笑顔で言った。年上の女性に甘え慣れている感じがした。自分の魅力をわかっている若い男性に苦手意識があったけれど、別にいまならと、ふっと揺らぐように思った。誰にも、なにも、咎《とが》められることのないフリーの身だ。

笑みを目元に残したまま、林くんは炭酸水の瓶をカウンター下の冷蔵庫にしまった。腕、肩、背中、腰と筋肉が連動して動く。水のなめらかさを連想させる体だった。川や海を眺めるように、ただきれいなものとして目に映る。そこに自分が関与する想像がうまくできない。

この先の人生で、気の利いたエスコートや良い香りのする逞しい体を欲することがあるのだろうか。むしろ、それを得るための努力や駆け引きが面倒臭い。四十手前の体を見られるのも嫌だ。その羞恥心は断然、性欲に勝る。

ぱちぱちと弾けるかたい水を飲んで「すっきりした」と言うと、林くんはカウンターに乗りだしていた身をすっとひいた。

「どんな感じのものがいいんですか？」

「そうですね、爽やかだけど柑橘系ではないものを」

「では、甘くないフローラル系をいくつか」

林くんは棚にずらりと並ぶ香水瓶を眺め、手に取ってはカウンターに置く。白く細長いムエットにひと吹きして、しばらく置いて手渡してくる。嗅ぐごとに違う世界が広がった。こちらが訊くまではなにも説明しない。

「あ、これ」とつぶやくと、「それは以前に来られたときも迷っていらしたものですね」と微笑んだ。

「トップがベルガモットやマンダリン、ピンクペッパーで刺激を加えて、ミドルはローズやピオニーで華やかに、ラストはホワイトムスクやウッド系の香りでまとめています。魅惑のブーケをイメージした香水です、華やかですよね」

「うーん……これはとても好きなんだけど、今日はもうすこし凜とした感じがいい。花束じゃなくて一本で咲いているような」

林くんはちょっと思案した。「桐原さん、ローズ、お好きですよね」と丸っこい小ぶりな瓶をいくつか並べる。どれも瓶のかたちは同じだけれど、瓶と蓋の色や房飾りが違う。

「ローズの香り専門のブランドです」

林くんが白いムエットを私の前に並べていく。一枚ずつ、鼻に近づける。つぎつぎに、見えない薔薇が咲く。雨あがりの薔薇だったり、ゴージャスな薔薇だったり、キュートで甘い薔薇だったりと、どれも薔薇なのだけれど、違う。

「びっくりした」と顔をあげる。

「なにになです」

「自分がこんなにたくさんの薔薇を知っていることに。ぜんぶ違うけど、ぜんぶ薔薇」

「ああ」と林くんは嬉しそうな顔をした。褒められた子供のような笑顔はやっぱり幼くて歳の差を感じた。

「頭が知っていることは言語化できるものばかりですが、嗅覚は頭よりずっと多くのことを知っているんですよ。言葉にはできないことも」

森崎の匂いから距離を取りたくなってしまったことを思いだした。そうか、と思う。私の体はもう森崎と生きていくことはないと知っていたのか。

ムエットを持つ手が自然に止まった。深く、吸い込む。

今朝、寝室から見上げた青い空が浮かんだ。澄んだ、清潔な香り。

「これが好き、かも」

ムエットの奥に置かれていた瓶を手に取る。白色の瓶に、透明な蓋。くびれについたチュール素材の飾りは、香水瓶が白い息を吐いているようだった。今朝の時間をまさに香りに変えたような香水。

「これにします」

「え」と林くんがひょうきんな声をあげた。「冗談で入れておいたんですけど」

「冗談？」

「だって、これマリエっていうんですよ。繊細なマリッジブーケをイメージして作られた香りです。ほら、この白い飾りは花嫁のヴェールなんです」

「あ」と声がもれた。

白いもやがかかったような視界。あれは結婚式のときに見た景色とよく似ていた。目をあけていられないほど天気が良くて、森崎はくしゃくしゃの顔をしていた。私はヴェール越しに青い空を見上げた。あのとき、私は途方に暮れていた。空の高さや、家族や友人の笑顔に、この先の人生に。

「やっぱり戻ったんだよ、まっさらに」

笑いながら言うと、「桐原さんの離婚のイメージがこの香りってことなんですね」と林くんも笑った。「ウケますね、真逆だ」

「うん、ウケる」と、二人でひとしきり声をあげて笑う。

「どんなイメージなんですか？」

「青空の下に真っ白なシーツをひろげたような感じかな」

虚勢ではなく本心からの言葉だった。少なくとも朝まではまっさらな気分だったのだ。朝、空を見上げた瞬間、今日で終わる寂しさよりも、ひとりの清々しさを感じたのだった。それが嬉しかった。

「それは良い離婚をしましたね」

「そうだねえ」と、純白のヴェールをまとった香水瓶を撫でる。

「それに、名前だってぴったりなんだよ。私の名前、まりえっていうから」

「そうなんですか。桐原さん、ショップカードを作ってくれないから知りませんでした」

「財布がごちゃごちゃするの、苦手だから。身軽がいいよ」

そう言って、もうひと嗅ぎした。外はうっすら暮れかかっているのに、頭の中に青空と白いシーツが広がって、古い暮らしの匂いを押し流していった。

明日は早起きをしてシーツを洗濯しようと思った。


振動で目を覚ました。

部屋は暗闇に沈んでいる。枕の下でスマートフォンが光っていた。無視しようとしたが、小刻みに震え続けている。

画面に浮かんだ文字を確認して、ベッドに寝そべったままでる。

「はい」

「あんた、もう寝ているの？」

マキさんのハスキーな声が耳をざらざらと撫でていく。暗い中で聞く声は質感が際だつ気がする。深海から浮かびあがるように頭がはっきりしてくる。

「マキさんこそ、老人はもう寝る時間じゃないんですか」

「決めつけないで頂戴」

きっぱりした物言いだけど、かすかに呂律がまわっていない。また飲んでいるんだなと思う。マキさんはときどき酔って電話をかけてくる。ワインバーで知り合った、親ほども年齢の違う、友人と呼んでいいのか迷う友人だ。いつも首に派手な色のストールを何本も巻いている。彼女ほど歯に衣《きぬ》を着せずに喋る人を知らない。そのマキさんがなにやら言いよどんでいる。

「どうしました？　いまから飲みには行きませんよ。今度、ご一緒しましょう」

「あたしも帰ってきたとこなのよ」

「酔ったまま湯船に浸からないでくださいね」

「あんたはあたしの親なの？」

長くなりそうだな、と身を起こす。枕を重ねてもたれる。部屋は暗いままにした。カーテンからは街の灯や車のライトの点滅がうっすらともれている。ゆっくりと目が慣れるのを待った。

「店で聞いたんだけど、引っ越したんだって」

「はい、でもそんなに遠くないので」

「離婚したの？」

「そうですね」

沈黙が流れる。いつもは一方的に話す人なのにめずらしい。なにか言おうとすると、

「元気なの？」と問われた。

「ああ、まあ、はい、普通に。むしろすっきりしてるくらいですよ」

「すっきり、ね。なら、いいけど」

喉が鳴る音がかすかにした。飲みながら電話しているようだった。そういえば、マキさんのプライベートをあまり知らない。「うちの男が」と話していたことがあるので、パートナーはいるようだが、結婚しているかどうかは知らない。浴びるように赤ワインを飲むマキさんに生活感はあまりない。仕事場に寝泊りすることが多く、「うちの男」がいる家にはときどきしか帰らないと言っていた。

「自分のためだけに時間を使えるので、今は仕事も生活も絶好調ですね」

「マスターも生き生きしていたって言ってたわね」

「そうですね、飲んでいるときに帰宅時間を連絡しなくていいって最高だと思いました。あんまり嬉しくて、帰り道をえんえんと歩いてしまって終電を逃しましたよ」

酔った夜道がどこまでも膨らんでいくような気がしたのだ。ワンルームの部屋の小さな夜も自分がすっぽりとおさまる感じがして落ち着く。ここには自分が選んだものしかない。

「揉めなかったの?」

「話し合いに二年近くかかりましたが、まあ、弁護士のお世話になることはなかったですよ。円満離婚なんじゃないでしょうか」

「なにも困ってない?」

「今日は質問が多いですね」と笑ったが、マキさんは笑わなかった。「ちょっとね、心配したのよ」といつになく真面目な声で言った。

「仕事もありますし、ひとりになったからって死ぬわけじゃないですから」

そう、私は私で生きていかなくてはいけない。森崎もそうだ。もともとそうだったのだ。むしろ、森崎といたときのほうが、私は不安定で弱かった気すらする。じゃあ、なんのために一緒になったのか。思いだせなかった。思考が暗闇に溶けていく。もう、考えなくてもいいことだ。また眠気が込みあげてきた。

「時代が変わったのねえ」

ぽつんとマキさんが言った。寂しげにも、安堵しているようにも聞こえた。

「あたしたちの世代は、女は離婚するとみんな不幸になった」

「え」と訊き返す。「みんな？」

「あたしが知ってる限りはみんな苦労してた。ひどいもんだった」

「なんでですか？」

ざらっとした声でマキさんが笑った。

「だから、あたしは結婚しなかったの。離婚したくないから」

訊き返そうとすると、「ゆっくり休みなさい」と急に柔らかな声で言った。

「ひとりきりでぐっすり眠れる夜を過ごせるのは、恵まれたことなんだから」

「マキさんが起こしたんじゃないですか」

「それもそうね。じゃあ、おやすみ」

おやすみなさい、と返す間もなく電話は切れた。ぷつん、と闇がかたくなった気がした。

せっかちなんだから、とつぶやきながら身を横たえる。ふかふかの羽根枕は音もなく私の頭を受けとめてくれ、首から肩へと力が抜けていく。そば殻枕でなくては寝られない、と言っていた森崎が寝返りをうつたびに響いていた微かなざりざり音はこの部屋にはない。代わりに、マキさんの放った「不幸」という言葉が、異物のように転がっている気がした。シーツの匂いを深く吸い込む。ドラッグストアでは買えない、お気に入りの柔軟剤の香りがした。昼間つけていた香水の匂いもまだ部屋のあちこちに残っている。ここには、好きな香りしかない。

私の幸も不幸も、私が決める。そう、決めた。

ゆっくりと息を吐き、目をとじた。

孤独死

工具箱

ホットワイン

リネンのカーテンを透かして朝日が差し込む。

遮光カーテンもかかっているけれど、朝日で目覚めたくてほとんどひかないままだ。遠くの高層ビル群の間からのぼる太陽は、シングルベッドとサイドテーブルと小さなスツールだけでいっぱいの寝室を明るく、白く、染める。

冬の太陽には肌に感じる熱はない。けれど、音のようなものを感じる。りん、りん、と透明な細い細い糸を弾くように光が満ちていき、夜の不穏さを払拭する。その、音にならない微かな音は、ごくごく穏やかに私の心身を目覚めさせる。

朝日の音を感じるようになったのは、ひとりになってからだ。

ひとりの静寂は感覚をとぎすます。

ベッドを降りて、居間へ行く。少し広めのワンルームを、古道具屋で見つけたアンティークの衝立《ついたて》で寝室と居間にゆるく仕切っている。コンロで湯をわかしてハーブティーを淹れながら、寝室から居間へと伸びていく朝日を眺める。もうじき、部屋全体が透明な朝日で満たされる。そうしたら、ヨガマットを敷いてストレッチをする。朝日で目覚めた体は健やかに動く。

　このマンションは高台にあり、都会にしてはめずらしく日光をさえぎるものがない。それなりに家賃は高かったけれど、ここに決めたのはそれが理由だ。寝室に朝日が差し、居間には西日が差す。家にいても、一日中、光を感じていられる。一人暮らしの家探しは明るさが一番の条件だった。

　充電器に繋いだスマートフォンが鈍い音をたてて震えた。思わず、ため息がもれる。休日の早朝に電話をかけてくる人間はひとりしかいない。

「はいはい」とでると、「あら、起きてたの」と母の声がした。寝ていると思うのならかけてこなければいいのに。

「昼まで寝てるんじゃないかと思ったけど、あんがいちゃんとしてるのね」

　森崎と暮らしていたときでも昼過ぎまで寝ていたことは滅多にない。この人の中の私は高校生のままで止まっているのだなと思う。

「昨日は電話にでられなくてごめん。残業で」

　文句を言われる前に先に謝っておく。案の定、母は「ううん、仕事だって思ったけど、ちょっとびっくりしてついかけちゃったの。こっちこそ悪かったわね」と機嫌の良い声で言った。

　かと思うと、急に声のトーンが落ちる。

「そうそう、まりえ、驚かないで聞いてね」

驚かないで聞いてね、は母の口癖だったが、どちらかというと、いつも話の内容よりも母の声音の変化に驚く。母の声は表情より雄弁に母の心情を語る。褒めるときや機嫌の良いときはひたすらに甘く、叱るときや機嫌が悪いときは電気が流れているかのようにぴりぴりした。悲しませたり、逆らったりしたら、とてつもなく悪いことが起きてしまいそうな気にさせる。幼い頃から馴染んでいる声だ。大人になっても、私の体はつい母の声に反応してしまう。そして、気持ちも体に引きずられる。「なんか、お母さんの声って、こう、お腹にくるよね」「うん、奥のほうに残る」と姉とひそひそ話したことがあったが、母になった姉も同じような喋り方をするようになった。

「なに」とハーブティーをすすりながら訊く。窓の外を眺めて、気持ちを自分の体から離すよう努める。待っていたように母が声をひそめて言った。

「ユキちゃんが亡くなったんだって」

「ユキちゃん?」

「ほら、中学のときに仲良かったササキユキコちゃん」

「ああ……」と相槌を打ちつつも、漢字が浮かばないほどに記憶がぼんやりしている。

「なによ、連絡とか取ってなかったの」と母は不服そうだ。「薄情なんだから」

確かに同じグループの子だったが、高校で離れてからは会ったこともなかったように思う。SNSでも繋がっていない。

どうやら母は彼女の母親と年賀状のやりとりをしていたらしい。彼女の死は喪中葉書で知ったそうだ。

「あんまりびっくりしたから電話しちゃったのよ。死因は話してくれなかったけれど、一人暮らしの部屋で亡くなったから発見も遅れたんだって。ほら、コロナで移動もしにくかったじゃない。暑い時期だったからひどかったみたい。ユキちゃん、就職も結婚もしてなかったらしくて、なんていうの？　フリーターみたいな感じだったらしいの。もしかしたら、ほら、引きこもりだったのかもしれないわよ。あなたと同じ齢なのに。若くても孤独死ってあるのね。ササキさん、泣いてらしたわ。まだ信じられないって。わたしもうちに遊びにきたときのユキちゃんを思いだして胸が苦しくなってね。ほら、わたしの作ったマーブルケーキを褒めてくれたじゃない。ちょっと泣いてしまったわよ。本当に不憫。あのね、親より先に死ぬのが一番の親不孝だからね」

ホースから流れでる水のように母は喋った。じゃばじゃばと吐きだされる言葉は生き生きしているように思えた。母だって喪中葉書がくるまでは思いだしもしなかったくらい薄い関わりしかなかったはずだ。それなのに、感情を込めて「ユキちゃん」と呼び、ときおり声を詰まらせながら話す様は演技がかっていて、どこか愉しそうだった。そう感じてしまう自分にも嫌な気分になる。

「まりえ、あなたも気をつけなさいね。女の一人暮らしなんだから。なにかあったときに頼れる人がいないのは心配よ。孤独死なんてさせるために産んだんじゃないんだからね」

「死ぬときはみんな独りでしょ」

つい突き放すような言い方をしてしまう。まずい、と思ったが遅かった。母は一瞬ぴたりと黙り、「そういう可愛げのないことを言うから」とわざとらしいため息をついた。「から」の後に続く言葉を聞きたくなかったので、「ちょっと用事があるしまたかける」と早口で言う。

母は不服そうに「こんな朝からなんの用事？」と食い下がってくる。

「午前中に家具がくるから」

「家具って、一人暮らしでものを増やしてどうするの。このままずっと独身でいるつもりじゃないでしょうね」

「ごめん、片付けもしたいし時間ないから。じゃあ」と切ろうとすると、「いい？ 親より先に死んだら駄目よ。約束して」と畳みかけてきた。そんなことを約束できる人がどこにいるのだろう。「努力します」と言って通話を終わらせ、スマートフォンをテーブルに置いた。

部屋はもうすっかり明るかった。早朝の透明な光は、暖かみを帯びた色に変わっていた。かたまった肩をまわして息を吐く。母と話すと視界が狭くなる。体も頭もかたくなって、かたい言葉をぶつけてしまう。

メッセージの着信を告げる短い振動がテーブルを震わす。きっと、母からだ。母は電話で話したことを、インタビューの文字起こしをするみたいにして送ってくる癖がある。自分の伝えたいことを呪文のように繰り返す。親より先に死んではいけない。そう書かれているはずだ。

私は母のその言葉を、私の身を案じていると素直に思えない。自分が不幸になりたくないからだと穿《うが》ち過ぎた見方をしてしまう。いや、可哀相な母親だと周囲に思われたくないから。結局は、自分のため。

そんな風に考えてしまう自分が嫌で、できるだけ母から離れていたい。

ふんだんな自然光に包まれた部屋を見まわす。ササキユキコはどんな部屋で死んだのだろう。彼女の存在も記憶も遠いままだったが、孤独死という言葉だけはごろんと胸の中に残っていた。

嫌な言葉だと思う。怖い響きだ。でも、怖いと思いたくない。ひとりで生きて死んでいくことに恐怖を付加しないで欲しい。よく知らない他人の人生を、あんな不幸や憐れみをにじませた声で語らないで欲しかった。

離婚をのもうと決めたとき、まっさきに頭をよぎったのが孤独死だった。この先、誰かと生きていく想像ができなかったから、きっとひとりで死ぬことになるのだろうと思った。ひとりで死んだら孤独死と言われてしまう。伴侶がいたとしても、死別すれば残された側に待っているのは孤独死の可能性が高い。なのに、独り身のほうが憐れまれることが多いような気がして釈然としなかった。

たくさん陽の光が差し込む明るい部屋に住もうと思ったのは、ひとりの暮らしで気が滅入らないようにでもあったが、孤独死の可能性を意識していたからだ。もし不慮の事故で私が死んでしまったとしても、片付けに訪れた人に惨めに思われたくない。暗い部屋で独り寂しく死んでいったと、勝手に可哀相がられるのだけは嫌だった。だから、ゴミも洗濯物も溜め込まず、こまめに掃除をして、森崎と暮らしているときよりずっと規則正しい清潔な生活を送っている。

ふと、死んだあとにどう思われるか気にして生きている自分が、世間体を大事にする母の姿とかぶる。自分も見栄っぱりなのかもしれない。

違う、違う、とつぶやきながら寝室に行って、枕カバーとシーツを剝がした。

私はただ、他人に自分の幸も不幸も決めつけられたくないだけだ。

好きな部屋に住んで、好きなものを買って、好きに生きたことを、孤独死なんていう言葉で回収されてしまいたくない。ササキユキコだってきっとそうだろう。

洗濯機の電源を入れた瞬間、ササキユキコは絵がうまかったことを思いだした。中学生の私たちは休み時間になると彼女の机へノートを持っていき、好きな漫画やアニメのキャラクターを描いてもらっていた。ササキユキコは眼鏡を紙に押しつけるようにして、いつも一心に描いていた。

記憶がつぎつぎに繫がり、高校の夏休み、駅でばったり会ったことも思いだした。私は初めてできた彼氏と待ち合わせをしていて、浮かれた気分で声をかけたのだ。ササキユキコはこれから画塾へ行くのだと、額の汗を手の甲でぬぐいながら笑っていた。自分の目標に向かっている迷いのない目をしていた。当時の私は彼女の鼻の下の産毛が気になった。

むくむくとした入道雲の下、画板の入った大きな袋を肩にかけてまっすぐ歩いていく彼女は、進路のことなど考えず遊んでいる自分とは違う世界にいるように見えた。

洗面所で立ったまま「ササキユキコ」「イラストレーター」で検索をすると、いくつかのイラストの画像がでてきた。そんなにたくさんではなかったが商業誌や書籍での仕事もあった。花の絵が綺麗だった。特に、水彩で描かれたアネモネ。花弁の一枚一枚が優しくにじんで、派手な色なのにやわらかさがあった。

ホームページの更新は去年の六月で止まっていた。

「フリーター」と言った母の声がよぎる。夢を叶えて、自分の才能で食っている人も、母から見たらフリーターでしかないのか。

スマートフォンを手に立ち尽くす私の後ろで、洗濯機がごうんごうんと重い音をたてていた。

「あー、無理、無理！　これ、壁につけられないよ！」

配送業者の年配のほうの男性が大きな声をあげた。まるで音の球がぶつかってくるような声の圧に、体がびくりとしてしまう。

「ほら、ここにドアストッパーがあるでしょ！　壁にぴったりつけるのは無理だから！」

家具を抱えたまま喚《わめ》くように言う。どうして狭い室内でこんなに大きな声で喋る必要があるのか。「ほら！」と私が確認するまで繰り返しそうな勢いで、抱えた家具を斜めにする。「ほら、ちゃんと見て！」梱包材でくるまれているとはいえ、注文してから三ヶ月以上も待ったオーダーメイドのキャビネットだ。落とされて傷でもついたら困る。

「あ、ほんとですね。とりあえず一旦下ろしてもらっていいですか」

「そこは無理だからね！　場所、変えないと！」

「ちょっと考えたいので、一旦、下ろしてください」

両手を広げて抑えるように言うと、年配の男性はむっとした顔をした。じりじりと後退し、玄関に敷いた厚い布の上に置く。

どうしたものか、と考えていたら、若いほうの男性が「そのドアストッパー、ドライバーあったら取れますよ」と教えてくれた。体に合わない大きめの作業服の袖を折って着ている。

「外して、退去のときにまたつければいいっすよ」

よく見ると、ドアストッパーは数個の小さなネジで床に固定されているだけだった。

「うちは運ぶだけなんで！」と年配のほうの男性がガミガミと言う。余計なことを言うなとばかりに若いほうを睨みつける。彼らのような配送業者が委託された仕事以外はやらないことなどわかっている。

「こちらでしますので、ちょっと待ってもらっていいですか」

玄関横の靴箱から工具箱を取りだした。ドライバーのサイズを選び、くるくるとネジを外す。ものの一、二分でドアストッパーはころりと床に転がった。

「ここに設置をお願いします」と言うと、年配の男性は気圧《けお》されたように「お、おう」とキャビネットを持ちあげた。声が普通の音量になってほっとする。

梱包材を剝がしながら「おねえさん、立派な工具箱だねえ。彼氏の?」と話しかけてくる。女は裁縫箱しか持たないとでも思っているのだろうか。

「いえ、私のですよ」と、ずっしりと重い、釘抜きつきの金槌を手に取る。「武器にもなりますし」ひんやりした金属部分をとんとんと掌《てのひら》に受けると、「へ、へえ」と年配の男性が間の抜けた声をだした。背後で若い男性が音をたてずに笑う。

年配の男性の狼狽した顔は森崎を思いださせた。

離婚に応じると森崎に伝えたとき、「その代わり」と私は彼をまっすぐ見つめて言った。

「ホームセンターについてきて。引っ越しや非常時を含めて最低限、家に必要な工具が欲しいの。選ぶの、手伝って」

「へ? 工具?」と森崎は間の抜けた声をだした。

「だって、これからはぜんぶ自分でしなきゃいけないんだから。離婚ってそういうことでしょう。あ、脚立も欲しい」

森崎は「わかった」とだけ言った。ほんの少し寂しげに見えた。あの頃は別れを惜しんでくれるのかと都合よく考えていたが、いま思えば自分の役目を取られたような気分になったのかもしれない。どちらにしても身勝手なことには変わりないのだが。

工具箱はネットで探した。探すうちに、昔の記憶がよみがえった。幼い頃、私は父の工具箱が欲しかった。従兄弟が誕生日にもらったと見せびらかしてきた十徳ナイフが羨ましく、あんな小さなものよりも、なんでも直せる魔法の道具が詰まっている工具箱が欲しいと駄々をこねた。

「あれは男の子のものだから」と母にたしなめられ、「開けたり閉めたりしたいんだろう」と父は言い、姉のお下がりのドールハウスがあてがわれた。違う、これじゃない、と泣いたが、工具箱は触らせてもらえなかった。

父の工具箱はあちこち錆びたりへこんだりした年季の入ったもので、カーキ色に赤の英字ロゴが入っていた。家でなにかが壊れたり、戸が開かなくなったり、組み立てたりしなくてはいけないものがあると、父が呼ばれ、カーキ色の工具箱が現れた。それは普段、家事をしない父の役割だった。そして、たまの役割を果たした父を母は「頼りになる」と褒めちぎった。

スチール製の似た色のものを探して購入した。森崎と選んだ工具類をしまい、片手で持ち上げると、ガチャガチャと音をたてる無骨な重みに満ち足りた気分になった。

「なんか嬉しそうだね」と森崎は意外そうな顔をした。「電球ひとつ替えるのにも俺にお願いしてたから、そういうの苦手なんだと思っていた」

「そういうものだと思っていたから」

そう私は答えた。工具箱が欲しかったということすら忘れていた。そうなのだ、人は役割に流されて欲しいものや本当の気持ちを忘れていく。

「壁や製品に傷がないか確認して、ここにサインお願いね」

相変わらず横柄な口調で年配の配送業者が紙を手渡してくる。人を不快にさせなくては死ぬ病にでもかかっているのだろうか。でも、欲しいものをようやく手に入れた日に、尖った気分になるのもおもしろくない。ぐるりと見まわして「ありがとうございます」と言った。「届くの、とても楽しみにしていたので」

「あ、いや。うちは運んだだけだから」

年配の男性は焦ったように目を逸らした。キャップのつばをいじっている。

帰り際、若いほうの男性が「かっこいいっすね」とぼそりと言った。

「キャビネット、いいでしょう。一目惚れなんですよ」

「違います。おねえさんの手際」

若い男性はふっと笑って、「ありやとやしたー」とドアを閉めた。

配送業者が帰ると、換気をして、掃除機をかけた。乾燥した冷たい風が吹き込む中、キャビネットを眺めた。まだ淡い色をした無垢材の木肌を撫でる。アンティーク風の戸棚の、丸い取手が可愛い。使っていくにつれ、風合いが変化していくはずだ。

一人暮らしの準備は思った以上に楽しかった。孤独死のことなど頭から飛んでしまうほどに。すべてを自分の好みで選べ、自分の財布が許す限りは値段のことも気にしなくていい。手に入れたいもののために食費を削っても文句を言う人はいない。本当は好きじゃなかった食器もテーブルもソファも森崎との家に残してきた。ひとりになって、欲しいものがくっきりした。

私は誰かに頼るより、自分の力でやっていく方法を考えるほうが性に合っていた。

ペンチを握ってバチバチと刃を合わせる。森崎とのしがらみを断ち切ってくれた質実剛健な道具たち。私は自分の工具箱を手に入れたけれど、森崎は裁縫道具もアイロンも買おうとはしなかった。それができる人を得ることが彼にとっての恋愛なのだろうか。

配送業者の若い男性の言葉を思いだし、笑みがもれる。私には、あの一言だけで充分だ。ずしりと重い工具箱を靴箱に戻して、無垢材用のメンテナンスオイルを買いにいこうと伸びをした。それと、花。ササキユキコの絵にあったような華やかで柔らかい花を一輪、キャビネットの上に飾ろうと思った。

その晩、早希からメッセージがきた。風呂あがりのマッサージをしているときだった。早希は子供の寝かしつけをしていたようで、「やっと寝たー」のあとに、げっそりと頰のこけた猫のスタンプがついていた。
お疲れさま、と打つ間もなく、ぽんぽんとメッセージが送られてくる。
――休みの日のワンオペつら
――こんなん休みじゃない
――まだ持ち帰った仕事もあるし
――もう飲んじゃおうかな

飲んじゃえ、飲んじゃえ、と返すと、そういえば、と文字が浮かんだ。

──たけやん、離婚したらしいよ

え、と思う。

早希とは大学時代からの仲だ。同じサークルに属していて、いまだにサークルのメンバーとは交流がある。たけやんというのは、ひとつ上の尊《たける》先輩のことだった。お調子者で態度がでかく、サークルのムードメーカー的な存在だった。

──離婚率の高いサークルだ

そう打つと、腹をかかえて笑う猫のスタンプが返ってきた。早希は大学を卒業してすぐに同じゼミの人と入籍し、数年で別れた。もう結婚はうんざりだと悪態をつきながら不倫ばかりを繰り返していたが、四年前に子供ができて結婚した。そのとき付き合っていた相手はめずらしく妻帯者ではなく胸を撫でおろしたが、早希は子供ができなかったら結婚しなかったと事あるごとに愚痴を言っている。

──まりえ、たけやんと仲良くなかった？　聞いてなかったの？

ふくらはぎにアロマオイルをのばし、オイルのついていない小指で「さいきんは、ぜんぜん」と返す。

──めちゃくちゃ早くない？

「三年くらい？」と打ちながら、二年以上連絡を取っていないことに気づく。早希が言うように、尊先輩とはけっこう仲が良かった。会社も近く、互いに日本酒好きなこともあり、数年前までは仕事帰りにときどき飲みにも行っていた。結婚前は北陸の酒蔵へ一緒に旅行をしたこともあった。早希には話していなかったが。

――あんなに自慢してたのにね

三年前、尊先輩はひとまわり近く歳下の女性と結婚した。サークルのOB会で男性陣に「相手、二十六かー」と羨ましがられ、女性陣からは「たけやん、相変わらずチャラい」と鼻白まれていた。尊先輩は「なんだよ、お前ら、祝福しろよ」と意に介さず笑っていた。

大学生の頃は「たけやん」と親しげに呼べる後輩女子は限られていて、可愛がられていた早希も得意そうにそう呼んでいた。けれど、社会にでて働くようになると、女性を「お前」呼びする尊先輩の前時代的な感覚に後輩女子たちは冷めた目を向けるようになり、「たけやん」は侮《あなど》りの呼び名になった。若い妻をもらって鼻の下をのばす尊先輩は「馬鹿な男」代表としてみんなにいじられる存在になり果てていた。

けれど、私は知っている。積極的だったのは尊先輩の元妻のほうだった。彼女は、私と尊先輩がよく行っていた居酒屋でアルバイトをしていた子で、私がトイレに行っている隙に尊先輩に電話番号を渡し、何度も何度も飲みに誘っていた。背の高い、エキゾチックな顔立ちをした子で、よく目立っていた。口説いたり、ちょっかいをだしたりしている客もいた。そのたびに彼女は尊先輩を頼った。尊先輩も悪い気はしなかったのだろう、付き合うことになり、あっという間に子供ができた。

「大丈夫な日だって言ってたんだけどなあ」と尊先輩は熱燗片手にぼやき、それを信じる浅はかさと、私にそんなことをもらす迂闊《うかつ》さに呆れた。

が、距離を置くきっかけになったのはまた別のことだった。私たちは誕生日やおめでたいことがあるとお勧めの地酒を贈り合うことにしていた。尊先輩が結婚してからもその習慣を続けていたら、あるとき、彼女の名前で手紙が送られてきた。大層なものをいただきありがとうございます、と丁寧に書かれている。いや、丁寧すぎた。彼女とは居酒屋で何度か言葉を交わしたことがあったし、三人で食事をしたこともあった。どちらかといえばくだけた口調で話す子だったのに、その手紙は隅から隅まで堅苦しい敬語だった。それに、私が酒を贈ったのは尊先輩にであり、彼女にではない。一緒に飲んだとしても、彼女にお礼を言われる筋合いはない気がした。

なんとなく違和感を覚えて尊先輩に問うと、「俺宛ての手紙も小包も勝手に開けて返事を書いちゃうんだよ」と言いにくそうに答えた。

「え、それってプライバシーの侵害じゃない？　私だったら嫌なんだけど。なんか気持ち悪くない？」

尊先輩は一瞬黙った。気持ち悪いは言い過ぎだったと反省していると、尊先輩は「でも夫婦だからなあ」とごまかすように軽い口調で言った。

「まあ、やましいことはないんだしいいんじゃない」

夫婦のかたちはそれぞれだ。本人が気にしてないなら、他人がどうこう言うことではない。私とは結婚観が違うのだろう。

そうは思ってみても、自分が送った言葉が第三者に見られていると思うと、だんだんと連絡が間遠になった。尊先輩のＳＮＳも更新されなくなった。投稿を遡ってみると、尊先輩とコメント欄でやりとりをした女性すべてに彼女が「いいね！」をつけていた。ぞっとして、それからは本格的に距離を取るようになった。

その一連の出来事は早希はおろか、誰にも話していない。森崎にも話せなかった。夫婦ってそういうもんじゃない、と言われたら自分たちの在り方も疑ってしまうと思ったから。

――まあ、相手も軽そうな子だったし

――たけやん、完全に選択ミスしたよね

スマートフォンの画面には早希からのメッセージが次々に浮かぶ。

――大変だったらしいよ、別れるの

――慰謝料ごっそり取られちゃったんだって

――浮気でもしてたんかね

目を見ひらいて驚く栗の、くだらないスタンプで流す。ちょっと嫌な予感はしたが、やはり「まりえも慰謝料ふんだくってやれば良かったのに」と言われる。

森崎に離婚を切りだされたときから、早希は「絶対に女がいる」と言い切っていた。「なんとか証拠を掴んで有利に進めたほうがいい」「興信所を使ってでも突き止めるんだよ」と何度も詰め寄られた。

じゃなきゃ、恋愛したいなんて理由で離婚を切りださない。したいんじゃなくて、もうしているんだよ。なんでそんな見え見えの嘘に騙されるの。

ファミレスのボックス席で、ぐずる赤子をあやしながら早希は苛々《いらいら》した口調で言った。そう言われると、自分が世間知らずの馬鹿のように思われた。けれど同時に「それは早希の経験上？」と訊き返しそうにもなった。自分が不倫をしていたから誰もがパートナーに嘘をついていると思うんじゃないの、と意地の悪い言葉がふつふつと浮かんだ。

もちろん私だって疑った。裏切られたのかもしれないと怒りで眠れなくもなった。けれど、何度訊いても森崎は「相手はいない」の一点張りで、「恋愛したいから、ちゃんと別れたい」という主張も変わらなかった。

最終的に私は心底、嫌になってしまった。森崎が、ではない。森崎が出かけたり眠ったり風呂に入ったりした隙に鞄や財布をあさり、ポケットの中を調べる自分の行為がだ。浅ましい、と思った。心がいつも黒ずんでいた。なんでもいい、浮気の証拠になるものがでてくれれば、私は安堵し、正当に怒ることができるのにと思いながらも、そんな自分の姿を見たくないとも思った。

その頃、仕事が忙しくなった。総合電機メーカーである会社の、比較的地味な暖房機器の企画をしていたが、北欧の若手テキスタイルデザイナーを起用して作った電気座布団が話題になったのだ。コロナ禍のステイホームで受注が増え、デザインの賞ももらった結果、役職についた。会社の方針としても女性役員を増やさなくてはならず、いささか無理な昇進だったため多少の嫌がらせもあった。人を評価するという慣れない仕事に疲弊するうちにどうでもよくなってきて、三十九歳の誕生日に「いいよ、離婚しても」と半ば投げやりに口にしていた。その瞬間、もう疑わなくていいことに気づいて、ふっと体が軽くなったことを覚えている。手放すってなんて気持ちがいいのだろうと思った。黒く濁った血が、どくどくと流れでていくようだった。

今はもう、驚くほどなにも感じない。森崎に浮気相手がいたとしても、私には関係ないことだと遠い気持ちでいられる。

まりえは甘いよ、と早希は言う。子供がいないからそんな選択ができるのだと言われたこともあった。相談した自分が悪いとは思うが、それにはさすがにカチンときた。

——ごめん、ダンナが帰ってきた
尊先輩の噂話と私への駄目だしは唐突に終わりを告げた。

またね、と送っても既読すらつかない。大きく息を吐き、マッサージの続きに戻る。湯船で温まった体はすっかり冷えてしまっていた。


イベントを予定している商業施設の下見も兼ねて、マキさんを誘った。深夜に電話があってからなかなか時間が合わず、行きつけのワインバーでもすれ違っていた。

会社を早めに出て、地下鉄に乗り、すっかり葉の落ちた街路樹が並ぶ、高級ブランドの路面店だらけの通りを早足で行く。日に日に暮れるのが早くなっていく。歩いているうちに街路樹にイルミネーションが点《とも》りだした。

トレンチコートのポケットでスマートフォンが鳴った。マキさんかと思ってでると、「俺、俺」と軽薄な声がした。誰かわかっていたが、「詐欺ですか」と返す。

「桐原ぁ、わかっているくせに意地悪を言うなよ」と、まるで困っていない口ぶりで尊先輩が言う。

「仕事中なんですけど」

「じゃあ、なんででるんだよ」

「そっちこそ、どうしてかけてこれるんですか」

「俺は出先だから」

「私もですね」

ふっと同時に笑う。早希は尊先輩が気に食わないようだが、私は学生時代に戻ったような気安さが楽だ。連絡しない期間が空いても、まるで昨日も会っていたかのごとく軽口を叩いてくる。

「離婚したんだって」

「そっちこそ」と返しながら、自分と早希が他人の離婚を話題にあげるように、自分の離婚も誰かの暇つぶしの会話に使われているのだなと思う。それはきっと会社でもそうなのだろう。私が近づくと急に話をやめる事務職の女性社員や他部署の人たちがいたことを思いだす。まるで私が仕事で重大なミスをおかしたかのように。

「いついつ？」と尊先輩は好奇心まるだしで訊いてくる。変に気を遣われるより、まだこっちのほうがいい。

「今月初めに届けをだしたとこですね」

「え、俺もだよ。何日？」

「五日」

「マジで！　同じじゃん！」

なにそれ！　と思わず叫んで爆笑してしまう。道行く人がふり返って見てくる。いけない、と背筋をのばす。こんなところを会社や取引先の人に見られたら大変だ。それにしても、ひさびさに腹から声をだして笑った気がする。

「すごい偶然ですね。びっくりしました」

「いや、ほんと笑うわ」

「大変だったらしいじゃないですか」

「まあな」と呑気な声で尊先輩が言った。後ろでクラクションがけたたましく鳴って、一瞬、声を聞き逃す。

「なにか言いました？」

「まあ、たいしたことじゃない。今時めずらしくないだろ、離婚なんて」

その言いぶりを聞いて参っているんじゃないかと心配になった。この人はどうでもいいことは饒舌なのに、大事なことや深刻な愚痴は滅多に口にしない。

「お前は？」

「円満離婚です」

「そんなん存在するんだ。うらやましー」

冷たい風がコートの裾をひるがえしていき、首をすくめた。「たぶん」と言う声が絞りだすみたいになってしまう。

「お互い、今年はさみしいクリスマスになりそうだから離婚祝いでもするか！」

尊先輩がさっぱりした口調で言って、「ああ、そっか」と合点がいった。街路樹を見上げる。

「クリスマスイルミネーションなんですね」

ははっと笑い声が耳元で響く。

「忘れてたのか。枯れてんなー」

「うるさい」と笑う。円形の商業施設に入ると、中庭にマキさんの姿が見えた。「私、そろそろ」と言うと、「おーけー」と軽い返事があり「また、かけるわ」とあっさり電話が切れた。

スマートフォンを耳から離すとき、すこしだけ名残惜しい気持ちがわいた。どうでもいい会話に飢えているのかもしれない。マナーモードに替えて、肩掛け鞄にスマートフォンをしまう。

マキさんはいつものように派手なストールを何本も巻いて、テラス席に座っていた。冬だというのに、サングラスもかけている。ベリーショートの真っ白な髪は染めたかのように色が均一だった。

私の姿を認めると、サングラスを外し「遅いから飲んでいたわよ」とグラスの中の赤ワインを揺らした。

「寒くないんですか？」

マキさんは銀色に塗られた爪で、傍のストーブを指した。

「寒いってわかっているほうがいいじゃない。室内で冷えるより」

よくわからない理屈を堂々と言い放つ。本当は煙草が吸いたいからだと知っている。

隣に座って、椅子に置かれていた赤いチェックのひざ掛けをトレンチコートの上から羽織る。「見苦しい」とマキさんが笑った。

「冷え性なんですって」と口を尖らせる。マキさんはくいっと顎をあげてワイングラスを空にすると、片手を挙げて店員を呼んだ。お代わりを頼み、注ぎ足す店員を上目遣いで見、「このグラス、すっごくたくさん入りそうねえ」と歌うように言った。ソムリエバッジをつけた店員は目元だけで笑うと、なみなみと赤ワインを注いで「手がすべりました」と目配せをして去っていった。

「よく、わかっている子ね」とマキさんが満足げに頬杖をつく。強引さと自由さに見惚《みと》れていると、「なにあんたぼうっとしてるの。さっさと注文しなさいよ」と、つけつけと言われた。もう一度、店員を呼んでホットワインを頼む。

ホットワインが運ばれてくるまで、マキさんはなにも喋らなかった。細い煙草に火をつけ、ゆっくりと煙を吐いた。私はトイレに立って、ついでに店内をぐるりとチェックした。

耐熱のガラスコップに入ったホットワインがやってくる。銀のグラスホルダーがついている。シナモンスティックで濁った赤い液体を混ぜると、ぱちぱちと弾けるようにスパイスと柑橘の香りがひろがった。両手で抱えてそっとすする。甘さと酸味、煮立った葡萄のざらりとした味。喉から胃に火が点っていくようだった。目をとじる。体内を煌《きらめ》かせるイルミネーションだと思った。

「すっきりした顔をしてるわね」

マキさんがふうっと煙を吐いた。

「白粉《おしろい》の香りなんかさせちゃって。なにこれ、新しい香水?」ふんと鼻を鳴らす。

「そんな匂いですか?」

「ええ、なんだか若返った感じね。安心したわ」

また黙ってしまった。夜更けのバーで会うときより口数が少ない。

「あの、なにか訊きたいことがあったんじゃないですか」

深夜の電話で言われた「不幸」という言葉が気になっていた。

——あたしたちの世代は、女は離婚するとみんな不幸になった。

マキさんはそう言った。だから、自分は結婚しなかったのだと。離婚したくないから。

「あんたの顔を見たらなくなった」

マキさんはワイングラスを傾けると、店員を呼んでオリーブを頼んだ。「あ」と声がでる。

「なによ」

「甘いもの、食べたくなっちゃって。さっきメニューにタルトタタンあったの気になっていたんですよ」

「好きなもの、食べたらいいじゃない。あたしは食べないけど」

マキさんは笑って「タルトタタン」と注文につけ足した。私を見て、「ねえ、どうして離婚したのよ」と急に単刀直入に尋ねてくる。「問題がある感じしなかったけど」

「私のほうは特にありませんでしたよ。仕事の邪魔になるような人でもなかったですし」

「じゃあ、どうして」

「恋愛したいからと言われたので」

「それをあっさり受け入れたの？」

「あっさりではないですよ」

「ふうん」とマキさんが目を細めた。私はしばし言葉を探した。

「たぶん……向こうが、ごめんとか、謝らなかったからかもしれません」

森崎は恋愛したいという願望を正当な権利のように言い放った。それはどこかマキさんの自由さに通じるものがあった。いま思えば、私は森崎のそういう身勝手さに惹かれたのだった。けれど、結婚してからは楽さに安住していた。

森崎は私とは恋愛できないことを謝罪しなかった。詫びることで私を惨めにはさせなかった。

ストーブの前でゆらゆらと揺れる空気を眺めた。冷たい空気と暖かい空気が混じり合い景色がゆがむ。あんな風に気持ちの揺らぎも可視化できていたら私たちの関係も違っただろうか。

「自由ね」とマキさんは言った。

「ほんとですよね」

「あんたがよ」

「え」と声がもれる。マキさんは睫毛を伏せて煙草に火を点けた。唇をゆがめて煙を横に吹きながら「あんたが自由で自立しているから相手を尊重できたのよ」と言った。「それは誇っていいこと」

「尊重」とつぶやく。

不覚にもじわっと視界がにじんだ。

「そんなんじゃないですよ。なに言ってんだってかなり喧嘩もしましたよ」

「でも、いま、困ってないじゃない。相手を憎んでもいないでしょう」

「そうですけど」

「あたしたちの世代はね、手に職を持っている女は限られていたのよ。生活のために結婚して、離婚した女は二種類だった。男に歯向かった女か、男か家に捨てられた女。あんたはどっちでもないでしょう」

マキさんはまたワインを頼んだ。飲み過ぎですよ、と言いかけて、やめた。マキさんは私がどんな飲み方をしても、なにをツマミにしてもなにも言わない。

私の前に飴色のタルトタタンが置かれる。甘酸っぱいカラメルの香りは、予想通りホットワインとよく合った。

「あんたもこれから恋愛できるわね」

マキさんがにんまりと笑った。

「私はしないでしょうね」

「人生に恋は必要よ」

「主語が大きいです。必要ない人もいるんですよ」

やれやれというように肩をすくめられる。意見が違っても、価値観が違っても、遠慮せずに言い合える人はいい。別々のものを食べていても、気にしない人はいい。そういう人とのお酒は美味しい。ふと、気になった。

「マキさんってお幾つですか？」

あからさまに嫌な顔をされた。

「じゃあ、干支《えと》は」

返ってきた返事は母と同じものだった。おそらく同い年だ。

「離婚するって言ったとき、うちの母親なんて言ったと思います？」

空のワイングラスの足に指をかけたまま、マキさんが首を傾げる。

「わたしはどんな顔をしたらいいのって。まず自分の体面だったんですよ」

マキさんはふうんというように顎を揺らし、またなみなみと赤ワインを注いでくれた店員に「ありがとう」と目尻に皺を寄せた。

「うちの母、外で働いたことがないから、結婚して子供を育てるのが一番だって信じているんですよ。離婚は、あの人にとって恥ずかしいことなんです。理由すら訊いてきませんでした。私も話す気はありませんけど。でも」

ふうっと息を吐く。また体がかたくなっていた。スパイスの香りの甘く温かいお酒を飲んでゆるませる。

「体面を気にするのって怖いからですよね。人の目が、不幸になるのが、怖い。人と違う生き方をして失敗するのが怖い。ひとりぼっちになるのが怖い。そういう怖さを母は私にじわじわ伝えてくるんです。すぐ怖がらせてくる。それがすごく嫌なんですけど、でも、きっと、母も誰かに恐怖を植えつけられてきたんでしょうね」

「そうねえ」

「そう思うのに、母とはうまく話せないんですよ」

「あたしだっていっぱい怖いことはあるのよ。みんな、あるの。誰といたって、ひとりだって」

「でも、マキさんはそれを押しつけてこないじゃないですか。心配はしてくれるけど。マキさんみたいな人がお母さんだったら良かったのに」

我ながら子供じみたことを言っていると思った。もう四十手前だというのに。でも、マキさんにはつい甘えてしまいたくなる。甘い菓子を頬張るように。

　マキさんはしばらく黙っていたが、「あたしは他人だから」と湿った声で言った。

「家族なんて要らないの。他人の距離感が、いいのよ」

　フォークの先で切り取ったタルトタタンはもう冷めていた。ホットワインだけがまだ熱を保って、体の内側でスパイスの香りを爆ぜさせていた。

マッチングアプリ正月フォー

新年の朝は快晴だった。

うっかり早起きしてしまい、ああ、やっぱり元旦は晴れなんだな、と思った。曇天の元旦も、雪景色の元旦もあったはずなのに、なぜだかいつも晴れ晴れとした空気の元旦しか思いだせない。

森崎といた頃は、元旦はいつも眩しくて眠くて、ほんの少し後ろめたかった。大晦日の夜に三時、四時まで痛飲するからだ。それでも、新年の初日から昼過ぎまで寝ているのもはばかられて、なんとか午前中に起き、元旦の快晴に目をしょぼしょぼさせながら「今年もよろしくお願いします」と言い合う。元日はいつも二日酔いだった。

どちらもあまり実家に寄りつかなかった。「正月どうする?」と訊いても、森崎は「帰らなくてもいいんじゃない?」と判で押したように毎年言った。「しなくていいんじゃない?」は森崎の口癖だった。自分だけで責任を負いたくないとき、やんわりと拒否したいとき、早く会話を終わらせたいとき、森崎は目を合わせずそう言った。疑問形にぬるりと逃げながらも独断的で、相談の体《てい》を取らせない、ずるい言い方だと思った。

けれど、互いの実家との付き合いの薄さにおいては楽な結婚生活だった。母はそんな私たちについて「結婚した自覚が足りない」とよく不平を洩らしていた。母にとっての結婚とは、親族の行事を疎《おろそ》かにしないことが大きな割合を占めるようだった。

まだ引っ越しの片付けとかあるから正月どころじゃないし。そう実家に伝えて、今年はなんの予定もない、ひとりきりの正月休みだ。感染者もまた増えているしね、とつけ加えるともうなにも言われなかった。気乗りがしない集まりを、新型コロナウイルスのせいにして断れる状況は、不謹慎だけれど助かる。忘年会がほとんどなかったおかげで、体調不良にも寝不足にも苦しめられることなく仕事納めができた。

ベッドから降り、いつものようにストレッチをする。通りはしんとしていて、交通量も少ない。静けさのせいで奇妙に広く見える青い空を眺めた。

記憶の中の元旦と同じ空、同じ空気、同じ静けさ。

新年といっても人間が決めただけのことで、いつもと変わりない朝のはずなのに、朝日の音が違って感じられる。高らかに晴れているのに静けさに重みがある。厳《おごそ》か、とでもいうのだろうか。

スマートフォンが短く鳴って、画面にメッセージを浮きあがらせた。母からかと思ったが、短すぎる。

――あけましておめでとう
森崎からだった。役所に行ったとき、会ったきりだ。見慣れたニットの腰の辺りにできた毛玉を思いだした。きっとまだ恋人などできていないのだろう。

毎年、言い交わした「今年もよろしくお願いします」はなかった。それに寂しさを覚えるよりも、中途半端な居心地の悪さを感じた。同じ文句だけを返すのも無視するのも感じが悪い気がして、ちょうどいいスタンプを探していたらまたメッセージがきた。

――餅、たくさんあるなら手伝うよ
毎年、正月前には実家から手作りの餅が送られてくる。切り餅に丸餅、豆餅、あんころ餅と二人でも食べきれない量がやってくるので、毎回「いらないって言ったでしょ」と母と喧嘩になる。餅好きの森崎はそれを「年末の餅合戦」と呼んで笑っていた。森崎の読み通り、今回もひとり暮らしの家に去年と変わらない量の餅が送られてきていた。

脚をひらいて股関節を伸ばし、ゆっくりと床に胸を近づけていく。数回、深呼吸。それから「冷凍するし大丈夫」と返信した。新年の挨拶もつけ足す。

立ちあがり、ヴェールをつけた白色の香水瓶を手に取り、腰の辺りに吹きつけて、まっさらな清々しさをまとった。ゆったりした家用のワンピースを被るようにして着て、ピルのシートから小指の爪先ほどの錠剤を押しだして飲んだ。

結婚したての頃、子供を作るか相談したことがあった。「別に無理に作らなくていいんじゃない?」と森崎は言った。是が非でも欲しいわけではなかったし、言いだしながらも「作る」という言葉に抵抗もあった。それでも、うっすらと願望はあった。でも、森崎の言い方で気持ちが萎えてしまった。頭か体かはわからない。どこかで、この人とじゃないな、と判断した気がする。そうだとしても、子供が欲しいから違う相手を探そうとは思わなかった。自分の中で結婚とはそういうものじゃない、と思っていたから。

では、なんだったのだろう。

確かなのは、嫌悪や別離に至るまでもない小さな幻滅や諦めは生活のあちこちに散らばっていて、こうして離れるまで私はそれに目をつぶっていたということだ。

「恋愛がしたい」と言った森崎に「別に無理してしなくていいんじゃない？」と答えていたら、彼はなんと言っただろう。

餅、と頭を切り替える。もう終わった人のことは考えても仕方がない。

一晩漬けておいた利尻昆布と水を雪平鍋に入れてコンロにかける。あくを取り、沸騰する直前に築地で買ったふわふわの鰹節を山のように入れる。和食の料理人のような出汁を一度取ってみたかった。指を目一杯にひらいて摑んだ鰹節を惜しげもなく投入すると、高揚感で眠気が飛んだ。

布巾を張った網で濾すと、澄んだ黄金色の出汁がきらきらと輝いた。丸餅を焼き、かまぼこと茹でたほうれん草をのせて、柚子皮をひとひら。そこに味を整えた出汁をそそぐ。贅沢だけどシンプルなお雑煮を自分のためだけに作る。

お盆にのせ、お雑煮の写真を撮り、新年のメッセージと共に母に送る。これで、子としての最低限の正月の務めは果たせた。

引っ越したばかりなので大掃除もする必要がない。お重にちまちまと詰める正月料理も作らなかった。鋳物鍋の重い蓋を開けて、昨日の晩にことこと仕込んだ豚の角煮をちらりと確認する。甘い醬油と八角の香りがした。あと作ったのは中華風のなますだけ。

ふと、小麦粉をこねて重ね、平たく成形して焼く、葱入りパイのような葱花餅《ツォンホアビン》を角煮にそえたくなった。台所に戻って小麦粉の量を確認する。思ったよりたくさんあったので、母から送られてきた粒あんに練り胡麻を混ぜて、甜包《テイエンパオ》も作ってしまおうかと思案する。いわゆる、あんまんだ。発酵していくほのあたたかい生地と蒸し器の湯気を想像すると自然に頰がゆるんだ。自分がその日に食べたいものを思いついたまま作れる生活っていいなあ、と思う。リモート出社の日は仕事の合間に乾物を戻したり、煮込みをしたり、生地を仕込んでおけたりするので、食生活が充実する。

充実で思いだし、観月台《みづきだい》先輩に新年のメッセージを送ってみた。すぐに既読がつき、赤ワインとぶ厚いステーキの写真が返ってくる。脂と赤身がマーブル模様になったジューシーな肉の断面、こんがりした焼き色のベイクドポテトにフライドオニオン。奥には、きらびやかな衣装を着た男性たちが踊るテレビモニターが見えた。

——朝ステーキですか
笑いながら打つと、予定通り、と素早い返信がきた。

観月台先輩は、正月はウーバーイーツでカロリーも金額も考えずに好きなものを頼んで推し三昧する、と言っていたのだ。それが自立した大人の自由な正月だと。

さすがです、と思いながら、ずずっと澄んだ出汁をすすった。「うま」と声がもれた。

決定権とお金を持ち合わせ好みも定まった四十前後の大人の一人暮らしって最高では、とため息まじりで評した年末の早希の顔がよぎった。

観月台先輩とは大学時代に同じサークルだった。尊先輩と同じ、ひとつ上の学年だったが、親しかった記憶はない。口数が少なく、クールな印象があった。

ほとんど接点がなかったにもかかわらず覚えているのは、女の子たちに人気だったからだ。私も女性にしては背が高いほうだが、観月台先輩はサークルの男の子たちに混じっていても文字通り頭抜けていた。しゅっと切れ長の涼しい目をしていて、手足も長かった。苗字も雅で、宝塚の男役みたいと後輩女子たちは騒ぎ、新歓コンパで新入生の女の子が一目惚れしたこともある。観月台先輩目的でサークルに入ったその子は、彼女が女性だと知って泣いていた。そういうのってどう感じるのだろうと思いながらも、訊けるような距離感ではなかった。

離婚祝いをしようと言った尊先輩はさくさくと話を進め、クリスマスの次の日にスペイン料理の店を予約してくれた。

テーブルが三つとキッチンに面したカウンター数席だけのこぢんまりとした店に入ると、背の高い女の人がオーバーサイズのコートを脱いでいた。青いメッシュが入ったまっすぐな黒髪、顔の半分ほどありそうな太いフレームの眼鏡をかけて、男ものみたいに大きめのハイブランドのトレーナーに厚底のスニーカー。服装は若いが、お金はかけている。一瞬、モデルかなと思った。

「ひさしぶり」と声をかけられても、わからなかった。「観月台だけど、覚えてない？」

とぎこちなく微笑まれて、「あ」と声がでた。

学生時代の観月台先輩はいつもTシャツにジーンズ姿で、髪もずっとショートだった。

スタイルの良さも、クールな印象も同じだ。涼やかな目鼻立ちもそのまま。変わったとい
えば変わったし、変わっていないといえば変わっていない。ただ、同じユニセックスな服
装でも今の観月台先輩を男性と間違える人はいないだろう。

なにが違うのだろうとしげしげと見て、メイクだと気づく。昔はいつもすっぴんだった。

「そのブルーのマスカラ、きれいですね」

「ああ、これは……」

観月台先輩が斜めがけ鞄に手を伸ばす。店のドアが開いて「悪い、ちょっと遅れた！」

とスーツ姿の尊先輩がどかどかと入ってきた。

「急に出勤しなきゃいけなくなってさ。なんとか切りあげてきたけど。あれ、お前ら、な
んで立ってんの？」

「観月台先輩に会ったのひさびさで、座るタイミングを逃しちゃって」と言いながらテー
ブルにつく。

「卒業以来？」

「そうかもしれません」

「こいつ、ＯＢ会にもこないもんなー」とネクタイを緩めながら尊先輩が笑う。観月台先輩は自分のことなど言われていないかのように無表情だ。この二人、仲良かったっけ、と記憶を探って、昇降口の階段で煙草を吸う二人を思いだした。尊先輩は昔から良くも悪くも分け隔てがない。ひっきりなしに話しかけてはひとりで笑う尊先輩の前で、今と同じ無表情で煙を吐いていた観月台先輩の横顔が浮かんだ。

そういえば、今日は離婚祝いの会だったはずだ。観月台先輩も離婚したのだろうか。結婚したという噂も聞いたことがない。

訊きにくいな、と思っていたら、尊先輩がメニューを広げながら「俺ら、同じ日に離婚届だしてたんだよ！」と観月台先輩に言った。

慌てて、「そうなんですよ。ほんと偶然でびっくりしました」と変な邪推をされないようにつけ足す。

「運命、感じちゃうよな」

「いや、感じないです」

言下に否定すると尊先輩は「ひでえ」と大声で笑った。

「観月、婚活してるんだってさ。だから、話を聞きたくて」

尊先輩は観月台先輩のことを観月と呼ぶ。懐かしいなと思いながらも、「尊先輩、もう婚活するんですか？」と、つい呆れたような口ぶりになってしまう。

「なんだその、懲りてないんですか的な言い方」

「だって、大変だったって言ってたし」

別れた相手との間に子供だっているでしょう、は呑み込んだ。

「ずっと独り身でいるわけにはいかないだろ」

「え、別にいいんじゃないですか」

「てか、お前、彼氏とかも作んないの?」

「特に必要性を感じないので。それより、なんですか、彼氏とかって」

「お前って昔から淡泊だったよなー」

「離婚したばかりですし」

「だからだろ、もう気兼ねなく恋愛でもなんでもできるだろうが」

またそれか、とマキさんにも言われたことを思いだす。そんなに恋愛しなくてはいけないものだろうか。なんか焦りというか、強迫観念じみたものを感じてしまう。ああ、あれだ。小さい頃、母が怖い顔をして「野菜を食べないと大きくなれないよ」と好き嫌いをたしなめてきたのと似た圧がある。

「尊先輩、遊びたいんですか、結婚したいんですか」

一瞬、尊先輩が返答に詰まった。その隙をついて、「まずは」と観月台先輩が口をひらいた。「注文しよう」と、こちらを窺う店員さんをちらっと見る。

まずは生ビールと言う二人をよそに、私は白ワインをボトルで頼んで乾杯した。タパスの盛り合わせと、イベリコ豚の生ハム、セビーチェという酸っぱい魚介のマリネをとりあえず注文する。「あ、おいしい」と観月台先輩と声がかぶる。「だろ、だろ」と尊先輩が嬉しそうな顔をした。アヒージョやタコのガリシア風を追加して、ニンニクと熱いオリーブオイルの香りで体が温まってくる。冷えた白ワインがよく合った。

ほどよく酔ったところで、尊先輩が観月台先輩に「で、どうなの婚活？」と片肘をついて尋ねた。

「どうもこうも」と観月台先輩は静かにオリーブを口に運ぶ。食欲は旺盛で、飲みっぷりもいいのに、とてもひっそりと食べる人だ。

「親が勝手に登録してしまったから。大手の結婚相談所なので、きちんとはしてる。コンサルタントの方も、登録されている方も。行くならどうぞ」とカードをテーブルに置く。

「いや、もっとなんか話ないんかよ。素っ気なさすぎだろ、相変わらずだな」

尊先輩がぶつぶつ言いながらスマートフォンで結婚相談所のサイトを見て、「たっか！」と目を剝いた。

「これならやっぱアプリで探すほうがいいのかな。でも、めんどいんだよなメールのやりとりが。たまになんか地雷っぽい奴もいるし」

「こっちはマッチングも、断るのも、コンサルタントがやってくれるから楽ではあるよ。ただ、要望がはっきりしていないと意味がないね」

「要望？」と思わず声がでる。

「相手に求める年収とかだね。あとは年齢、子供が欲しいか、介護はできるか、共働きがいいか主婦になりたいか。どんな結婚生活がしたいかの具体的なビジョンがないと」

「条件で選ぶんですか」

「条件をあげないと選べない。だから、わたしはぜんぜん成就しない」

観月台先輩はたんたんと言った。

「相手に求めるものがないってことですか？」

「まあ、そうだね。これは嫌っていうことはあるけど」

観月台先輩はひとくちワインを飲んでグラスを置いた。

「尊はなんで出会いを求めてんの？」

「ずっと独り身はなあ。歳食ってからじゃ探しにくくなるだろうし。でも、正直、ひさびさのひとり暮らしはすげえ楽だし、寂しいってこともないからなあ。改めて、なにを求めてんのかって訊かれたら、まあ、軽ーい性欲を満たしたいってくらいなのかもな」

「うわー最悪」と毒づいてパンを千切る。

「相手もそれでいいなら構わないんじゃないかな」

「まあ、実際こんな俺でもニーズはあるしな」

「え、そうなんですか！」

「桐原ぁ、失礼だな。そりゃ二十代の若い子とかは無理だよ。でも、ちょい年上とか、バツイチとかシングルマザーだったら、俺くらいの年齢でそれなりに結婚で失敗してる奴のほうが安心するみたいで、会いたいですってぐいぐいメッセージくるぞ。でも、会ってもなんかしっくりこないんだよなあ」

尊先輩はアヒージョの油に浸かったマッシュルームをフォークの先でつついた。

「しっくりとは」

「長く一緒にいようと思えんな」

「ちょっと待ってください。軽ーい性欲を満たしたいだけなんじゃなかったですか」

「いやでも、まあ、もしかしたらそういう出会いがあるかもって思うだろ」

「ブレブレですね」

「相手に失礼」

私たちに冷たくあしらわれて、「なんだよー」と尊先輩がマッシュルームをぶすぶすと刺す。

「結局、俺はまだまだ女に相手にされるぞっていう自信を満たして欲しいだけなんじゃないですか」

ため息をつきながら言うと、「お前らだってそうだろ」と言い返された。

「桐原、毎週ジムに通ってるって言ってたし、観月だって会うたびに服装が若くなってんじゃん。体のメンテナンスしたり、お洒落したりすんのって、男の目を意識してるからじゃねえの？」

「え、違いますよ」

「いや」

声がかぶって、観月台先輩と顔を見合わせる。

「運動すると心身がすっきりするからですよ。女性がすることがぜんぶ男性のためだと思わないでください」

私が言い終えると、観月台先輩がぼそりとつぶやいた。

「これは推しが着ていた服なので。髪にも推しと同じ色を入れている」

「推し、ですか？」と訊くと、韓国の男性アイドルグループが好きなのだと観月台先輩は早口で言った。研究職なので、髪の色も服も自由なのだそうだ。

「ただ、こういうファッションはここの結婚相談所ではＮＧ。まあ、一回話を聞きに行ってみたらいいよ。説明を聞くだけだったら無料だから。あんがい自分の理想がはっきりするかもよ」

そこでパエリアの平たい鍋がテーブルの真ん中に置かれ、私たちはしばらく蟹の脚をほじったり、海老の殻を剝いたりするのに夢中になった。

満腹のけだるさの中でちびちびワインを飲んでいると、酔ってどろんとした目をした尊先輩がぼそりと言った。

「俺、アセクシャルってやつなんかも」

観月台先輩は黙ったままグラスを手にしている。けっこう飲んでいるはずなのに顔色も変わらない。

「恋愛感情とかよくわからん。いままで付き合ってきた子とも最初はそこそこ盛りあがるけど、結局それって性欲ありきで、しなくなったらなんか惰性みたいな感じになってさ。正直、浮気とかにも罪悪感ないし、女が嫉妬とかして泣くのも、束縛しようとしてくんのも、感情として理解できないんだよな。俺は俺といないときに相手がなにしてようがそんなに気にならんし。マッチングアプリで会って、何回か飯とか行くとさ、うっすら見えんだよね。この先の展開が。で、違う奴を探してやりとりするけど、やっぱりまた同じような感じなの。会ってもそう。だんだん誰が誰だかわからなくなってくる。なんかみんな同じような顔してんだよ。求めてくるものも似ている。付き合っても、また浮気を疑われて、果ては興信所に金をつぎ込まれたりすんのかと思うと、面倒臭くなってくる。なあ、誰かに対してずっと同じ気持ちを持ち続けるって不可能じゃねえ？」

それは離婚した妻にされていたことなのかと思ったが、訊かなかった。

「尊」と観月台先輩が言った。

「アセクシャルは他者に対して性的欲求を抱かないセクシャリティだ。恋愛感情を抱かないのはアロマンティック。定義は様々あるようだけど、どこまで調べて話している？」

尊先輩がぽかんと口をあける。

「もうちょっと勉強しましょうよ。会社でそんなこと言ったら問題ですよ」と言うと、大袈裟に溜息をつかれた。

「いまプライベートだろ。厳しいよ。なんつうか、最近、ほんと厳しい、世の中が。みんな正しすぎるわ。しんどー」

椅子の背もたれに体を預けて愚痴る尊先輩を眺めながら、彼にとっての世の中ってどの辺りなのだろうと思った。尊先輩の世の中では彼が一番傷ついていて、一番疲れているのだろう。優しくしてもらいたいのだろうな、とは思う。甘えたいのかもしれない。戯言や不謹慎な言動を許してもらって、だくだくと弱音を吐きたい。私だって、そういうときはある。

でも、私たちはその相手ではない。あまりに無防備だ。軽口を叩く分には楽なのだけど、甘えられると持て余す。今夜の尊先輩はちょっと面倒臭い。

「尊は」と観月台先輩が言った。「浮気してなかったの?」

「結婚してからは」

「それは愛情から?」

「どうかな、だってまずいだろ、不倫は。いろいろと不利になるし」

「不利ね」と観月台先輩はつぶやいた。それから、ふっと表情を変え「マッチングアプリは期限を決めてやったほうがいいらしいぞ」と言った。「家探しと一緒だ。もっといい物件がでるんじゃないかとしがみついたら決められなくなる」

会話が途切れたタイミングで「そろそろ」と財布をだす。

「あれ、桐原、二軒目いかないの?」

「これから年内最後のオンライン料理教室なんですよ。今日は花巻で」

「は?　はなまき?」

「肉まんの皮の部分だけみたいなやつです。最近、粉料理にハマっていて」

「お前、そういうのも自分のためだけにやってんの？」

「そうですよ」と答えた。強がりみたいに思われていたら嫌だな、とかすかに思うが、まあ仕方ない。どう見られるかをどんなに意識しても他人の気持ちはコントロールできない。

すっと観月台先輩も立ちあがる。

「お前も？」

「推しの配信がある。推し活仲間とクリスマスオンラインライブの感想会もしたい」

尊先輩が片手で自分の頭を抱えた。

「お前ら、充足しすぎだろ」


観月台先輩と同じ路線だった。地下鉄の駅に向かいながら、「悪い人じゃないんですけどね」と思わず口にしてしまうと、くすりと笑われた。

「でも、尊の気持ちがわからないでもない。わたしも自分がアセクシャルやアロマンティックなんじゃないかと考えたことがあった。いろいろうまくいかないとき、自分のせいだと思いたくなくて」

私もあった。森崎との結婚生活もセックスがなくなってからのほうが安定していたように感じていたし、今も恋愛がしたいと言った森崎の気持ちが理解できないままだ。

「そもそも、わたしは他者に求めるより、自分で自分を満たすほうが性に合っているんだろう」

「あーわかります」

下手な共感は良くないと思いつつも声をあげてしまう。

「甘えるのが下手なのかもしれません。でも、小さい頃からだからなかなか変わらないし、無理に変えてもなあ、という感じで」

「尊は甘え上手だな」と観月台先輩がまた小さく笑う。

「ちょっとかわいそうでしたかね」

「まあ、どっかのバーで誰かに甘えるだろう。あれはあれで需要はあるよ」

ごんごんと観月台先輩の厚底のスニーカーが夜道にごつい足音をたてる。オーバーサイズの黒いコートをひるがえして駅へと歩く彼女の横顔がさっきとは違って見えた。

「推し活、楽しいですか？」

そう訊ねると「最高」と力強い声が返ってきた。

「出会いというなら、人生で一番大きな出会いだったと思う。彗星みたいだった。恋といってもいい。といっても、あんな恋なんてしたことないけれど」

観月台先輩の推しは、韓国語で「月」という名の人だそうだ。運命だと思ったと大真面目で言った。中学生の初恋のように頬を上気させて、彼のことを、彼のグループの素晴らしさとこれからの展望を語る。こんなに喋る彼女を初めて見た。

「推しがいてくれて本当に良かった。もう好きなものを隠したくない」

「好きなものを?」

問うと、観月台先輩はちょっと言いよどんだ。

「ずっとコンプレックスがあって。背が高いし、ほら、目つきも悪いから、自分は女性らしくしてはいけないと思っていた。わざと男の子みたいな格好をして、大股で歩いて、まわりからの期待に応えようとすることで居場所を作っていた気がする」

大学時代にきゃあきゃあ言っていた女の子たちの顔が浮かんだ。でも、私も同じだ。

「そこらへんの男子より観月台先輩のほうがかっこいいよね」と早希と言い合ったことがある。

「尊たちとつるんで煙草を吸って麻雀とかしてたけど、家では少女漫画ばっかり読んでたよ。現実にはいないような、きれいな顔の男の子が好きなんだよね。触れたいとかじゃなくて、愛でていたい。でも、男性アイドルに黄色い声をあげることが自分には許されていないように思えて」

なにも言えなくて黙って頷く。

「三十五を過ぎた辺りで急に吹っ切れたんだ。そんなときに推しに出会って」

靴音を響かせながら嬉しそうに笑う。地下からの風をものともせず、軽やかな足取りで駅の階段を降りていく。

「結婚相談所はそろそろ退会しようと思っている。親ももうすぐ諦めてくれそうだから」

「いい人はいませんでしたか?」

「そうだねえ」と歩調がゆるやかになった。

「ひとり、穏やかで、悪くない人がいて、三回目のデートまでいけたことがあった。向こうも気に入ってくれていることが感じられて。ああ、決まるのかなって思って、推し活のことを話してみたんだよ。いまはコロナでなかなかライブも行けませんが、落ち着いたら遠征も頻繁に行くし、休日の半分は推し活にあてたいです、と」

改札を抜ける。エレベーターに乗り、私をふり返った。

「認めますよって穏やかに微笑まれた。そんなに狭量な人間じゃないのでって」

「狭量？」

「妻が他の男にきゃあきゃあ言っていたら普通の男は嫌でしょうが、僕は違います。趣味として認めますよって。認めてもらわなきゃいけないことなんだって愕然とした。でも、わたしの言い方も悪かった。推し仲間には既婚者もいてね、夫の機嫌が悪くなるからって家族の前ではいっさい推しの音楽も画像も流せない人もいるんだよね。そういうのを知っているから、つい許可を取るような空気をだしてしまったのかもしれない」

「まあ、でも」と、ちょっと考えた。

「鉄道や野球やプロレスが好きで好きで、妻にグッズを捨てられたり、家庭を疎かにして怒られたりしている男性は昔からいますよね」

「でも、彼らはなんだかんだ立場が強い。認めてもらったりなんかしていない。わたしは、わたしの推しを愛することを誰かに認めてもらいたくなんてない」

暗い地下の穴から電車がやってきて、観月台先輩の青混じりの黒髪が舞った。微動だにしない横顔。格好いいな、と思った。男らしいとか、女らしいとかじゃなく、ただ、人として凛々しかった。けれど、それを伝える難しさも感じていた。

「恋愛をしたい人には勧めないけど、結婚相談所も悪くないと思うよ。桐原さん、こっちの電車だよね。わたしは逆だから」と私を乗せようとする。

「あ、次のでいい！」と声をあげると、不思議そうな顔をした。「連絡先、教えてもらってもいいですか」と言うと、頷いてポケットからスマートフォンを取りだした。待ち受けではきれいな顔をした青い髪の男の子がポーズを決めていた。

「観月台先輩はどうして私のことを覚えていたんですか？」

QRコードを読み取りながら訊く。私は大勢いるサークルの後輩のひとりだった。「ああ、それは」と観月台先輩は目を細めた。

「一度、自販機の前ですれ違ったことがあって。そのとき、桐原さんが当たりをだしたんだよね。あの、もう一本飲み物を買えるやつ。桐原さん、いつもは大人しいのに、先輩！ってわたしの腕を摑んで、好きなの選んでくださいって叫ぶから、思わず一番好きなもののボタンを押しちゃったんだよ」

まったく覚えていなかった。

「なにを選んだんですか」

「いちごオレ」

ははっと観月台先輩が笑う。

「そんなのが恥ずかしかったんだよ、わたしは。似合わないと笑われたりするのが怖かった。でも、桐原さんはなにも言わなかった。初めて当たりました！　とただ喜んでいた。自分の得にはまるでなっていないのに」

「いま、得しましたから」

笑っていると、反対側のホームに電車がやってきた。「敬語じゃなくていいよ」と言うと、観月台先輩は屈むようにして電車に乗り、片手をあげた。

入れ違いのようにして電車がやってくる。乗り込んだ瞬間、スマートフォンにメッセージが届いた。観月台先輩からだった。

ありがとう、の後に、私が褒めたブルーのマスカラのデータが添付されていた。

午前休を取って家でキーボードを叩きながら待機していた。スマートフォンのアプリに呼びだしのマークが浮かぶ。鞄を取って、コートをはおり、マンションを出た。

かかりつけの産婦人科は、インターネットで受付をして診療時間が近づくと呼ばれるスタイルだ。そのせいで待合室はいつもすいている。オレンジと柔らかな黄を基調とした部屋で合皮のソファに座って文庫本を読む。

半年に一度、定期検査を受けている。名を呼ばれ、反応が遅れる。看護師さんが間違えて「森崎」で呼んだからだ。「桐原さん」と旧姓で言いなおされる。

簡単な問診の後、別室に移り、下着を脱いで看護師の指示のままに機械に腰かける。動作音と共に脚があがり、股がひらかれる。剝きだしになった陰部は、私からはカーテンで仕切られていて見えないが、カーテンの向こうからだとさぞ滑稽な姿だろうなと思う。毎回、木のうろに詰まったくまのプーさんを想像してしまう。プーさんは股をひろげてはいなかったけれど。

「はい、入れますねー」と、ひやりとしたジェルが塗られて、冷たい器具が差し込まれる。何回されても体がかたまる。「リラックスしてくださいね」と温度のない声が言う。

病名は子宮内膜症。左の卵巣にできていて、月経のたびに出血し、猛烈に痛むので、ピルを常用している。モノクロのモニターに私の膣内が映り、「はい、見えますかー?」と尋ねられる。見えるけれど、自分の人体には思えない。白黒のマーブル模様がぐにょぐにょと蠢《うごめ》いている。

「大丈夫ですね。大きくなっていません。じゃあ、あと血を採りますから」

医師はそう言うと、なんの予告もなしに器具を引き抜いた。思わず声がでそうになる。顔馴染みの看護師さんと雑談をしながら採血をしてもらい、もう一度診察室に戻ると、モニターの前で男性の医師がこちらを向いた。

「どうですか、なにか気になることはありましたか」

「特にありません」

「血液検査と子宮がん検診の結果は郵送で届きます。異常があれば来院ください」

「はい」

いつも通りのやりとり。さっきまでこの人の前で恋人や夫にしか見せない部位をひろげていたのだと思うと、病院って本当にシュールな場所だと思う。もう終わりかな、と思っていると、「妊活をされる予定はありますか?」と唐突に言われた。

「へ」と間抜けな声をあげてしまう。

「そろそろ年齢的にも妊娠が難しくなってきますので。一度、パートナーの方とご相談してみてください」

看護師さんがこそっとなにか言った。医師が「ああ」と自分の眼鏡に触れる。「ご離婚されたんですか」

「はあ、まあ」と曖昧に頷く。「じゃあ、もう今日は以上です」と診察は終わった。

待合室に戻って、数ヶ月分のピルを受け取り、外に出る。寒いけれど、天気の良い日で、まだ昼休憩の時間にもなっていなかった。ランチでも食べてから出社しようと思うのに、気分がすっきりしない。

形式上、言っているのだとはわかっている。けれど、欲しいとも思っていなかったことを意識させられたのがなんだか不快だった。別にいいのだ。気づいたら、もう産めない歳になっていたとしても。それならそれで諦めるのに、下手に選択肢を与えられると、然るべきものを手に入れていないように感じてしまう。

二十代の頃から生理が重く、ひどいときには痛みで気絶したり吐いたりしていた。三十代に入って子宮筋腫ができ、内視鏡で手術をした。その辺りからずっとピルを飲んでいる。私の体は性行為をしても自然に妊娠することはほぼない。子供が欲しいという意志を持たない限り、命は宿らない。

いろいろな考えがあると思う。けれど、私は自分だけの判断で命を作る気にはなれないのだ。その考えが普通なのかどうかもわからない。

職場の先輩で子宮がんになり、子宮を全摘出した人がいる。抗がん剤治療も乗り越え、職場に復帰したけれど、付き合っていた人との結婚の話は流れたと聞いた。「子供が欲しい人だったから」と言う彼女の、見たことのない元婚約者に怒りがわいた。おこがましい。そんな言葉が浮かんだ。自分ができないことをどうして相手に求められるのだろう。

子供が欲しい。その願望に抵抗がある。ずっと、ずっと。

森崎は子作りには積極的ではなかった。私の体のこともあまり知ろうとはしなかった。相談しても、自分の体のことは自分で決めなよと言っていた。一抹の淋しさがあったのは否めない。

じゃあ、結婚した相手に子供が欲しいと言われていたら自分は嬉しかったのかというと、それもわからない。求められるままに妊活をして、産んで、子育てをしたら、どんな幸せや苦しみがあっただろう。ぜんぶを、自分が受け入れたことと思えただろうか。

黙々と歩く。産婦人科に行った後はいつも軽く落ち込んで、一駅分歩いてしまう。胃や腸や肝臓、他の臓器と変わらないものだとどうしても思えない。子宮は私の心のなにと繋がっているのだろう。こんなものがあることを知らないままがよかったと、中学で初潮を迎えてから幾度思ったか知れない。別に女性であることが嫌なわけではないのに。

ふいに、赤が目に飛び込んできて、ぎくりと足が止まる。赤地に黄色い星の、ベトナムの旗が、風に揺れていた。なにも考えず店に入って、ランチセットのフォーを頼んだ。べこべこした銀の盆にのってすぐさまやってくる。パクチーの香りにくしゃみがでた。ライムを絞って透明がかった麵をすする。冷えていたのか、スープを飲むと体がゆるんだ。好きなものが欲しい、と思った。強烈になにかを欲したい。目を奪われ、魂を摑まれ、我を忘れてのめり込むような。観月台先輩が出会った推しのような存在があれば。

そうしたら、こんな些末な痛みなど簡単に薄れてしまうのに。

しばらく無心で麵をすすり、鶏肉を咀嚼して、澄んだスープを飲んだ。洟《はな》をかむと、憑きものが落ちたようにすっきりした。飢えのような希求はおさまっていた。

フォー一杯で解消される悩みか。

ふっと笑いがもれ、情けなかったけど、嬉しくもあった。

最後の手紙

夜桜

結婚相談所

吹きつける風に冷たい痛さがなくなった、冬がゆるみだした頃だった。

ポストを開けると、無地の封筒が目に入った。

アイボリーに近い柔らかな白色の、飾りけのない封筒が、下着や化粧品のDM、フードデリバリーや新築マンションのチラシなどの間からのぞいている。色や文字があふれたけばけばしい紙の中で、そのひっそりとした佇《たたず》まいはかえって目立った。

紙の束から引き抜く。前の、森崎と暮らしていた住所から転送されてきている。

差出人の名はない。けれど、宛名の筆跡でわかった。達筆ではないが、一字一字丁寧に書かれた読みやすい文字。あと少し小さかったら目を細めなくてはいけないくらいの大きさは、あの人の控えめな声や立ち居振る舞いを思いださせた。

お義母《かあ》さんの字。

ふっと、懐かしさが込みあげ、まだ離婚届をだして三ヶ月ほどしか経ってなかったことを思いだす。なんの用事だろう、と今度は胸が曇る。もう、元お義母さんだ。別れてしまえば、相手の家族は他人になる。それは、私が母に言ったことだった。

私が離婚をすることを告げたとき、体面を気にする母は「わたしはどんな顔をしたらいいの」と開口一番に言った。その瞬間、自分でも驚くほど頭の中がしんと冷たくなった。「誰に対して?」と平坦な声で問い返した。母はすかさず「誰って」と不服そうな声をあげた。

「あちらのご両親によ!」

あと、ご近所とか……と続ける母をさえぎって私は言った。

「もう会うこともないから気にする必要ないよ」

「ご挨拶もなにもなしなの?」

「そういうもんじゃないの。離婚したら他人でしょ」

言いながら、かすかな迷いはあった。両家揃っての結婚の挨拶はするものだろうけど、離婚のときはどうするのが正解なのだろう。正しい離婚の手順や周囲への告知方法をまとめてくれている雑誌やネット記事があったらけっこう需要があるのでは、と他人事のように思った。

母は絶句していたが、しばらくして大きなため息をついた。

「本当に勝手な子。離婚するはずだわ」

怒りを覚えるほどの期待もなかったので「そういうことだから」と話を切りあげた。

そのときのことがよみがえり、封筒を手にしたまま立ち尽くしていた。マンションのエントランスドアが開いて冷たい風が吹き込み、誰かがエレベーターに乗り込んだ気配がした。エレベーターの扉が閉まったのを音で確認し、チラシの束を共用のゴミ箱に捨てる。DMと封筒を重ねて片手に持ち、重い鞄を肩にかけなおして階段で部屋へ向かった。

　部屋に入ると、キャビネットの上に置いた、自分と同じ名の白い香水瓶を手に取った。透明な丸い蓋を外し、みずみずしいファーストノートを吸い込む。目をとじ、深く息を吐く。清潔な香りに触れて、化粧を落とし風呂に入る気力を得ようと思った。

　疲れていた。管理職だけの会議が夕方の六時からあって、おまけにそれがだらだらと長かったせいだ。そんな時間からはじまる会議に子持ちの女性社員が出られるわけがない。参加している女性は私と四十代の未婚の人のみだった。この会社でなかなか女性が役職に就けないわけだ、とうんざりした。

　森崎のお母さんとはうまくやっていたと思う。彼女はずっと専業主婦で、夫が退職してからは観光客向けの飲食店で昼だけ手伝いをしていた。控えめで、なにかを主張したり要求してきたりするような人ではなかった。三ヶ月おきくらいに季節の挨拶と健康を気遣う短い文面の葉書が届いて、私も葉書を送り返した。森崎の誕生日には地酒が送られてきて、親戚の田んぼのものだという新米を毎年欠かさずくれた。そのたびにお礼の電話をするのは私だったが、面倒だとは思わなかった。ろくに顔も見せないのに、森崎のお母さんは嫌味を言うこともなく私たち二人の健康ばかりを気にしていた。手紙も電話も相手の負担にならないよう短くする人だったが、ときどき夫の愚痴を言っては声をひそめて笑っていた。森崎が連絡しないことを詫びると「男の子なんてそんなもんだから慣れっこ。謝らなくていいんよ」と言っていた。過度な干渉のない、本当に楽な嫁姑関係だった。

森崎は私が引っ越すまで離婚のことを両親に告げなかった。荷造りをしていたら、いつものようにずっしり重い段ボールが届き、中には一人暮らしには明らかに多い新米と私と森崎にあてた短い手紙が入っていた。

「なんで言ってないの?!」と帰宅した森崎に玄関口で言うと、ぽかんとした顔をされた。

「離婚すること。お義母さんに。新米きちゃってるよ」

たたみかけると、「ちゃんと離れてから」と目を逸らされた。すれ違いざま、ちらっとこちらを見て「まりえが言う?」とへらっと笑った。

「なんで」と、かたい声がもれた。「嘘、嘘」と森崎は逃げるように足を速め、「お礼の電話も手紙もしなくていいから」と背中で言った。

結局、私は森崎の両親宛てに手紙を書いた。会って話す時間も誠意もなかったが、一度でも家族になった人に別れの挨拶もせずに離婚するのは自分が嫌だったから。手紙は引っ越す前日に森崎に渡し、「森崎が話してから投函して」と言った。一週間後に「手紙は送ったよ」とメッセージがきた。

あれから森崎の家からは年賀状も電話もなかった。今頃どうしたのだろう、と気にはなるものの、差出人の名が書かれていないのが、すこし怖かった。

森崎がなかなか両親に離婚のことを話せなかった気持ちはわかる。自分も気が進まなかったから。責められたり、叱られたりする気がしていた。二人のことを二人で決めただけで、悪いことをしているわけではないのに、家族を巻き込んだことにされてしまう。謝りたくもないことを謝ったほうがいいような気分にさせられる。そんな窮屈な気持ちを、また感じていた。

ＤＭの束から封筒を抜き取って、白い香水瓶の横に置いた。エアコンを入れて、なんとか気力をふり絞って風呂に入り、その晩はすぐに眠った。

封筒は一週間、キャビネットの上にあった。

出先からの直帰をして、ひさびさに混んでいない電車に乗れた日の晩、地震があった。どん、と突きあげるような重い衝撃があって、ゆらりゆらりと長く横揺れした。アンティークの衝立を押さえて、本棚が揺れているのが目に入り、手が足りないと思ったら片手に淹れたばかりのジャスミンティーのマグカップを持ったままだった。落ち着け、と自分に言い聞かせ、衝立はいったん床に倒してテーブルの下にしゃがむ。本は落ちても仕方ない。

不気味な揺れが続いた。一、二分のことだったのに随分と長く感じた。テーブルの下で膝を抱きながら届いたばかりのキャビネットを見つめていた。倒れそうではなかったが、扉がかたかたと音をたてていた。その音に合わせて白い香水瓶と封筒が小刻みに揺れている。

いま、死んだら読まないままになるな。

そんなことを考えている間に揺れはおさまり、テーブルの下から這い出た。床がぐにゃぐにゃゆがむような気がして、心臓がばくばくしていた。SNSを見ると電車が止まったり都内のあちこちで停電が起きたりしていた。ニュースの地震速報を眺めてから、キャビネットの上の封筒を取り、鋏を使って開けた。

お手紙ありがとうございました、から始まっていた。

――こんな日がくると思っていなかったので、さみしくて悲しくて泣けてきました。

ずきり、と胸が痛む。けれど、手紙の字は乱れることなく、ゆっくりと息をつくような余白があり、ちゃんと読みやすいままだった。便箋二枚分の文章を読み終わると、折り目通りにたたんで封筒に戻した。

具体的な別れの言葉はなかったけれど、最後の手紙なのだと思った。

台所のスツールに腰かけ、ジャスミンティーを飲む。何時間も経ったような気分だったのに、まだ熱いままだった。地震が起きてから十分も経っていない。救急車のサイレンの音が聞こえ、遠くなっていった。

また揺れるかもしれないと思うと、裸になって入浴する気にもなれず、寝るには時間も早く、気も昂《たか》ぶっていた。スマートフォンが振動して、母からメッセージがきた。何事もなかった旨を返していると、尊先輩からも「ゆれたなー」とメッセージとスタンプが送られてくる。

画面を埋めていく吹きだしを見つめていると、こういうこま切れのやり取りではなく誰かの声を聞きたくなった。生の声の温度や重さを体が欲していた。

ときどき酔って電話をかけてくるマキさんを思いだし、仕事場の番号にかけてみる。四コール目で、ざらりとしたハスキーな声が「はい」と響いた。

「桐原まりえです。こんばんは、マキさん、いま大丈夫ですか?」

マキさんはちょっと間を空けて「こんばんは」と返した。昔の女優のような艶めいた口調だった。「あんたのフルネーム、はじめて知ったわ」と言われて、私から電話するのは初めてだと気づく。

「気持ちの悪い揺れ方だったわね」

カチンと澄んだガラスの音がした。

「飲んでいるんですか?」

「ほかにすることもないもの」

リモート飲みでもしますか、と提案したが、案の定「そういうのは嫌」と突っぱねられる。いつものワインバーで待ち合わせましょうよ、と誘われた。明日も平日だったので迷っていたら、「あんたが来なくてもあたしは行くわよ」とつけつけと言われた。今にも電話を切りそうだ。まだこのざらざらした声を聞いていたかったので慌てて「行きます」と言うと、「じゃあ、店で」とぷつんと通話が途切れた。朝まで電車の運休が続いているかもしれないし、午前を在宅勤務にすればいいだろう。

簡単に身支度を整えてマンションを出ると、タクシーを拾った。

焦げ茶の重い扉を開けると、カウンター席に座ったマキさんがマスターと喋っていた。

「いらっしゃい」と渋い声が迎えてくれる。男は声、と言い張るマキさんのお気に入りのマスターだ。マキさんは私より早く着いたというのに、黒いプリーツ加工のロングワンピースに金糸や銀糸がきらめくストールを首に巻き、くっきりした赤い口紅をつけていた。

店内はいつも通り暗く静かで、酒瓶はワインセラーの中で微動だにせず横たわっている。大丈夫でしたか、と問うと、「地下だからかな、なにも」とマスターは目を細めた。

「でも、さすがにお客さんは帰っちゃったね。もう今日は閉めようと思ってたんだけど」

「なによ」とマキさんが赤ワインの入ったグラスをまわす。「天変地異なんてどこにいても同じでしょ。マスターだって仕事していたほうがいいじゃない」

「ええ、助かりますよ」と、私の前に葡萄の模様の入ったコースターを置く。さっぱりした白ワインを選んでもらう。

果実の香りの冷たいアルコールで喉を潤すと、「そういえば、うちの男と一緒にいなくていいんですか？」と訊いた。

「そういえばって」とマキさんが喉の奥で愉快そうに笑う。

「電話をかけてみたけど寝ていたわ、図太い人だから。あんたは別れた旦那に連絡したりしてないでしょうね」

「してませんよ、でも」

「でも？」

「元夫のお母さんから手紙がきたんですよ、一週間前くらいに。なかなか読めなくて。さっき地震があって保留にしていることがあるのは良くないなって思って開封しました」

「へえ」とマキさんはお代わりを頼んだ。軽くグラスを掲げるだけで、見計らっていたかのように赤い液体がそそがれる。

「なんて書いてあったの？」

「さみしくて悲しいけれど、二人が決めたことだからって。後は感謝の言葉ばかりでした。娘ができた七年半、幸せでしたって。七年半という文字を見て、七年半の結婚生活だったんだなって、なんだかようやく終止符がうたれた気がしました」

マキさんは長いとも短いとも言わなかった。「どんな人だったの？」と低くつぶやく。

「いい人でしたよ。そうですね……」と言葉を探す。

「お父さんは典型的な昭和の父親って感じで、食事の時間になったら黙って食卓について、なにも手伝わず待ってるような人でした。お母さんは半歩下がって夫についていくような人に見えたんですが、印象深いことがありましたね」

結婚して間もない頃、向こうの親族の葬儀に参列したことがあった。葬儀の後に食事会があり、当たり前のように女性ばかりが働いて、男性たちは飲み食いして赤い顔で喋っていた。私も皿をだしたり、飲み終えたビール瓶を片付けたりと細々と動きまわっていたら、誰かが若いのに気が利くと私を褒めた。すると、森崎が言ったのだ。笑いながら「でも、ときどき細かすぎますよ」と。かちんときたが愛想笑いをして、空いた皿を下げた。廊下で森崎のお母さんが「まりえさんはお仕事もできそうね」と話しかけてきた。私はかすかに身構えた。けれど、森崎のお母さんは「気が利く人は、人よりたくさん見える人だろうから。見えすぎる人は、人の嫌なところも見えてしんどいだろうねえ」とおっとりとした口調で言った。それから、うちにあるエアコンも冷蔵庫もまりえさんの会社のなのよ、と嬉しげに言った。

「ちょっとびっくりしたんですよね。実の母にもそんな風に言われたことがなかったから」

マキさんはグラスを手にしたまま、ゆっくりと頷くように睫毛を上下させながら私の話を聞いている。

「こんな主婦もいるんだって思いました。そう思った自分にびっくりしました。私はどこかで専業主婦をひとくくりにしていたんだって。働く女性より世界が狭くて、価値観が古い人種だって決めつけてました」

母のせいで、という言葉を呑み込む。

「好きだったの？」

マキさんのざらつく声が心地好く耳をひっかいていく。少し、考える。

「どうでしょう。あの人がお義母さんで良かったと思ったことは何度もありました。もっと帰ってこいとか、孫の顔を見たいとか、絶対に言わない人でした。でも、それは楽だったからで、この先も関係を持ちたいほど良く知っていたわけでもないんです。好きだったかと問われれば、私は彼女に嫌われたくないって思って付き合っていたんだと思います。

あのときの罪悪感から」

「残念だったわね」とマキさんが意地悪そうに笑う。「性格のいい義母になんてそうそう出会えないのに」

「ほんとですね」

他の義母など知りもしないのに合わせて軽口をたたく。「ただ」と、つけ足す。

「私から見たら良い母親でしたけど、森崎は嫌っていました。自分がない人だって。でも、息子や夫の前で自分を見せないようにしていただけなんでしょうね」

手紙の最後につけ加えられていた一文を思いだす。この手紙をだすことは夫にも息子にも内緒なので破り捨ててください。そう書かれていた。誰かとの別れを惜しんで手紙をだすことにどうして家族の許可がいるのだろう。それだけは本当にわからなくて、息が苦しくなった。

その話をすると、マキさんは「やっぱり結婚は嫌ね」と肩をすくめながら言った。

でも、この手紙は自分の気持ちを整理するために書いたのかもしれません、という一文もあった。私を気遣う内容ばかりだったが、少しでも想いを吐きだしてくれたことは素直に嬉しかった。

出会えて良かった、と赤ワインに変えてもらいながら思う。きっと、森崎と結婚しなくては、出会うことはない人だった。

「返事を書いたら」とか「また会えるといいわね」というようなことをマキさんは一切言

わなかった。ただ、軽く私の腕に触れて「飲むペースが遅いんじゃない？」と言った。「マキさんが速いんですよ」と笑う。

それからマスターを交えて他愛もない話を二時間ほどして、マキさんの目がとろんとしてきたのを見計らって解散した。


ぬるい日だった。休日だというのに会社に行くような服装をして、老舗高級ホテルに隣接するビルのエレベーターに乗った。

出迎えてくれたのは、いかにも制服らしい紺色のジャケットを着た五十代くらいの女性だった。肉付きが良く、肩や腰がこんもりと丸かった。「本日はお越しいただきありがとうございます」とにこやかに応対してくれる。

明るめのオフィスといった感じのフロアだった。ただ、壁のあちこちに並んで微笑む男女の写真が貼ってある。「ご成約者さまたちです。私どもの結婚相談所では早くて三ヶ月でご成婚退会される方もいるんですよ」と説明される。

「三ヶ月で結婚ですか」

思わず口をついてしまう。結婚を目的としたサービスの会社に来てなにを言っているんだと怪訝《けげん》な顔をされるかと思ったが、女性は「そうですね。プロポーズのお手伝いもさせていただいております」と笑顔を崩さず言った。

結婚相談所の体験をしてきてくれよ、と尊先輩に頼まれて話だけ聞きに来た。面倒臭い体をよそおってはいたが、少しだけ興味もあった。しかし、いざ来てみるとどうも居心地が悪い。壁に貼られた写真の中の男女のように曇りのない笑顔が作れない。

パーテーションで仕切られた四人掛けテーブルに案内される。あちこちのブースから話し声が聞こえた。

「マリッジコンサルタントの間宮《まみや》と申します」

名刺を渡される瞬間、ジャケットの袖口からカラフルな数珠のようなものが見えた。紙コップに入ったお茶をだされ、パンフレットを広げられる。「素敵な出会いをご提案させていただくためにご記入をお願いします」と差しだされた紙には連絡先と共に年収や最終学歴、婚歴などを書く欄があった。喫煙の有無が同じ並びである。

「あの、今日はお話を聞かせてもらいにきただけなんです」

戸惑うと、「書ける範囲で結構ですから」とにっこりされた。

「ご入会される際にはいくつか書類が必要となってきますので、実際の活動を開始されるまで少しお時間がかかってしまいます。なので、なるべく早くお決めいただくことをお勧めしております」

「書類ですか」

女性はさっとパンフレットから紙を引き抜いた。

「こちらにあるように、ご本人確認証明書や卒業証明書ですね。あとは、独身証明書などです。私共のスタジオでの写真撮影もお願いしています」

「独身証明書なんてあるんですか?」

「はい、本籍地のある市区町村役場で取得いただけます。こちらで郵送での申請をお手伝いさせていただくこともできますよ」と、またにっこり。決め笑顔とでもいうのだろうか。発言した後にこちらに向けてくる笑顔がきっちり同じでだんだん怖くなってくる。

「自分が独身であることを証明するための書類があるなんて知りませんでした」と言うと、女性は笑顔のままちょっと目を尖らせた。

「独身だと偽って出会いを目的に入会する既婚者がときおりいらっしゃるのです。本気で結婚されたい方々の時間を奪う邪魔者を省かなくてはいけませんから」

急に語彙が強くなる。私と目が合い、ごまかすように声をだして笑う。

「でも、本当に時間は大事なんですよ。動くなら早いほうが絶対にいいんですから」

「そうなんですか」

「はい。とにかく動かないとなにも始まりません。新型コロナウイルスのせいでますます出会いが減っているでしょう。待っていてもなにも起きないんです」

「なにも」

「ええ、なにも。まずは会ってみないと」

急に熱っぽく語りだした彼女を前に、踏みださないとなにも起きないならそれはとても良いことなのではないかと考えていた。平穏が約束されているということなのだから。なにか予想外のことが起きる人生よりずっといい。

動かないとなにも始まりませんから、を繰り返す女性の手を見つめた。ずんぐりした指には石のついた指輪がぎゅうぎゅうとはめられている。袖から覗いた数珠は水晶のようで、グリーンやピンク、乳白色と色とりどりだった。ふいに、大学生の頃に聴いた、小島麻由美の「結婚相談所」が頭に流れる。ちょっと気だるげでレトロなメロディー。このオフィスの雰囲気とはまったく違うけれど、目の前の女性が下町の商店街にいそうな世話焼きおばさんに見えてくる。時代は変わり、システム化されても、こういうやりとりはずっと昔からあったのだろうなと思う。

提出書類の一覧に目をやると、資格証明書というものがあった。私は説明されていなかった。下記の専門職の方のみ、と記載されていて、対象は医師、弁護士、検事、弁理士、パイロットなどだった。どの資格も持ってはいなかったけれど、その確認もされなかったことにかすかに胸が曇った。私が女性だからだろうか。こういった結婚市場では、まだ女性に高学歴や高収入が求められていないのかもしれないと、さっきとは違う変わらなさを感じた。

「今はまだ迷いがあるかもしれませんが、探すという行動をしてみる中で結婚のイメージがかたまってくる人も多くいらっしゃいます。まずは動いてみましょう。お手伝いいたしますので」

そう言われて、顔をあげる。

「質問をいいですか」

「どうぞどうぞ、なんでも」と女性が身を乗りだしてくる。

「ご結婚されていますか？」

「私ですか。ええ、ご縁がありまして」

「結婚って良いものですか？」

一瞬、間が空いたように感じた。すぐに女性はすっと姿勢を正し、「その答えは相手の方が教えてくれますよ」と言った。いつの間にか、最初の笑顔に戻っていた。

結婚相談所を出ると、同じフロアの洗面所へ行った。金色の装飾過多な照明がまぶしい、やけにゴージャスな洗面所だった。鏡の前で目頭と首の付け根を揉んで息を吐く。お茶をだしてもらったはずなのに、ひどく喉が渇いていた。喫茶店でも行こうと足早に洗面所を出ると、「あの」とエレベーターの前で声をかけられた。

私より五つ以上は若く見える小柄な女性がコートを手に立っていた。

「さっき、あそこいましたよね」と結婚相談所のほうを指す。

「あ、はい」

「わたしより後に入ってきたのに、わたしより先に出てったなあって思って」

「今日は話を聞きにきただけなので」

エレベーターの表示灯が点滅した。扉がひらいて一緒に乗り込むかたちになる。

「わたしもですよ」と女性は可愛らしい声で言った。私の全身を眺めて「もしかして、収入とか正直に書いちゃいました？」と訊いてくる。

「まあ、一応」

「低くないですよね、年収」

初対面で、名前も知らない人に、と思ったが、人懐こい雰囲気に流されて「世代平均よりは」と正直に答えてしまう。

「じゃあ、脈無しって思われたんでしょうね。女性より収入が低い男性は紹介できないですし」

「そんなもんなんですか？」

女性はきょとんとした顔で私を見上げた。「こういうとこくるの初めてなんですね」と目を細める。

「みんながそうってわけじゃないですけど、結婚相談所を利用する男性は自分より高収入の女性に引け目を感じるタイプが多いですし、女性の大半は高収入の男性を求めて入会するんだと思います。だから、収入はちょっと嘘を書いたほうがいいかも」

「嘘……」とつぶやくのと同時にエレベーターが地上階に着いた。降りながら「嘘は面倒ですね。そうまでして、受け入れてもらいたいとも思わないし」と言うと、軽やかな笑い声がした。

「まあ、確かにお金があったら無理して結婚なんてする必要ないですよね。うちの母親はいつもそう言ってましたけど」

ビルの前で立ち止まる。どうやって話を切りあげようかと考えているのに、女性はまだ喋り続けている。

「わたしはこの間の地震で東日本大震災を思いだしちゃって。しばらくコロナで婚活をお休みしていたんだけどまたはじめようかなって思って来たんです」

「コロナ禍になってから登録する人は増えているって言ってましたけど」

「やっぱ同じこと言ってんだー」と、ころころ笑う。

「どうして、地震で婚活を再開しようと思ったんですか?」

離れるのを諦めて質問をする。

「避難所の映像」

「え」

「あれって、家族ごとにブースが分かれてるじゃないですか。独身のままだったら、災害時ぽつーんと過ごさないといけないのかと思うと、なんかさみしくなって」

「ひとりだったら広く使えて良くないですか?」

女性は一瞬、目を丸くして、あはは、と声にだして笑った。女子高生のように笑う人だなと思った。でも、喋る彼女には既視感があった。全身を眺めて、結婚相談所に貼ってあった写真を思いだす。あの中にいた女性たちに服装や髪型が似ているのだ。毛先をゆるく巻いたハーフアップの髪、ベージュや淡いブルーやピンクのカーディガンやシャツやワンピース。良く言えば落ち着いたデザインだが、悪く言えば地味で垢抜けない。けれど、女性らしさはある。柄物の服を着たり、個性的な色に髪を染めたりしている女性はざっと見た限りいなかった。

「情報交換しません？　入会したらでいいから」

そう提案されて、連絡先を交換した。香織《かおり》と名乗った彼女のアイコンは茶虎の猫で、「こなつっていうの」と嬉しそうにいくつか写真を見せてくれた。


しっとりと湿った夜道を歩いていた。

川沿いの道はかすかに臭って、明日は雨だろうかと酔った頭の隅で思った。桜が散ってしまう、と満開の木々を眺める。川の両側にあふれていた人はいつの間にかいなくなっている。桜の木もまばらだ。

隣を歩く人がいる。私に歩調を合わせて、細身の長身を持て余すようにゆらゆらと上半身を揺らしている。若い。肌がなめらかだ。でも弾けるように若くはなくて、社会人の疲れた気配もただよわせている。二十代後半か三十代前半だろう。横顔は妙に幼くて、男の子と大人の男性の間のような表情を浮かべている。誰だっただろうと、アルコールでぼやけた記憶を探る。

重く湿った風が吹いて、都会のあかるい闇に桜が散った。男の子の髪が月のような銀色に光っていた。酔っているなあ、と思う。

酔ってはいるけれど、この川沿いの道は知っている。もう少し進んで高架下を抜けて、大きな通りにぶつかったら左にまっすぐ行けば、私のマンションに着くはずだ。

「あのう」と、だした声が自分でもびっくりするほど大きくて口をつぐむ。恥ずかしい。ぽくぽくと男の子のスニーカーの足音が響く。桜が音もなく降ってくる。

ややあって、男の子が「なんですか」と言った。

「すみません。もう大丈夫です。自分で帰れますので」

思いついたまま口にする。

「歩いてですか?」

「へ」と間抜けな酔っぱらいの声がもれる。首を振ると、かすかに頭が痛んだ。自動販売機の白っぽい明かりを感じて、ふらりと横道にそれる。透明なペットボトルがまぶしい。取り出し口に落ちるごとんという音がこめかみにくる。

冷たい水を口にふくむ。喉から胃へと落ちていく水で、ぼわぼわとひろがっていた体がかたちを取り戻したような気がした。

少し離れたところで立っている男の子に「大丈夫です」ともう一度声をかける。

「歩いて帰るなら送ります」と彼は同じ調子で言った。

明日は休みだから歩いて帰ると言った記憶がおぼろげにあった。でも、なんでこんな初対面の男の子なんかに言ったんだろう。

「林に頼まれたんで」と私の迷いを察したように男の子が言う。「大事な客だからって」

棚にずらりと並んだ香水瓶がよぎり、やっと頭がはっきりした。「ああ」とつぶやいて水を飲む。

いつものワインバーで、フレグランスショップの林くんに会ったのだった。酒好きだという彼に店を教えたことがあったが、会えたのは初めてのことで席を移動して一緒に飲んだ。友人だとこの男の子を紹介された気がするが、名前は思いだせなかった。接客業の林くんは酒が入るとますます饒舌になった。楽しくなり、桜を見に行こうと店を出たはいいものの、ライトアップされた雲のように咲きほこる桜を見上げながら、人波に揉まれているうちに酔いがまわった。

「ほんとうに酔っていたんですね」と、やっとしっかり目が合った男の子が驚いた表情を浮かべた。

「すたすた歩いているから酔っていないのかと思えば、話しかけても反応がないし」

「こういうときにタクシーに乗ると匂いで吐いちゃうから」

「匂いに敏感なほうですか」と訊いて、「じゃなきゃ林の店には通わないか」と勝手に納得している。

まだいつものようには頭が働かなかったので、「歩くのが一番いいの。夜道、好きだし」と残りの水を飲んだ。

「おれも好きです」

男の子が桜を見上げる。桜の梢は無風でも揺れているように見えるのはなんでだろう。酔いのせいではないはずだ。薄い花弁をはらはらと散らして、やわらかく招くように揺れている。

「おれも明日は休みですし、付き合いますよ」

そう言ってじっとしている。根負けして私が歩きだすと、三十センチほど間を空けてついてきた。私の革靴のコツコツという音と、彼のスニーカーのぽくぽくという音が、重なったり、交互に響いたりして続く。話すことがなく気詰まりだったが、空のペットボトルを持ったまま歩き続けるうちに靴音で会話している気になってきた。

物静かで、あまり表情がなく、林くんと随分タイプが違う。体はすんなりと四肢が長く、林くんのように筋肉質ではないが、敏捷な猟犬を思わせるしなやかさがあった。楽しくもないだろうに、生真面目に歩き続ける。

やがて桜が途切れた。同時に酔いも抜けた気がした。何回か、もういい、と言ったが、男の子は私のマンションまで一緒に来た。

正直、警戒する気持ちはあった。けれど、見るからに年が離れた若い男性を意識していると思われるのも恥ずかしく、「お茶でも飲んでいく?」と言ってしまった。口にしてから、「あ、お礼にね。他意はないよ」と慌ててつけ足す。

「ああ、はい。でも」と男の子は感情の読めない声で言った。「どっちかといえば腹が減りました」

「私もだわ」と笑ってしまい、「手作りとか気持ち悪くなかったら軽いもの作るけど」と確認して部屋にあげた。

明るい室内で顔を見て、「あれ」と声がでる。「ほんとうに銀髪なんだ」

「どういうことですか」

「酔ってて銀色に光って見えてるのかと思ってた」

「なんですか、それ」と男の子が吹きだした。笑った顔は幼かったけれど、生活感のある場所にいると男の子はちゃんと男の人に見えた。

「桜マジックだった」

「あんがいロマンチックなんですね」と生意気なことを言う。

「おれ、小学生の頃から白髪があって。染めても染めてもどんどん増えるから、いっそのこと色を抜いたんですよ」

「そうなんだ」と言いながら台所に立った。

「まあ、抜いたら抜いたでいろいろ言われますけど」

ひとり言のように聞こえたので返事はしなかった。

発酵度の低い淡い色の烏龍茶を淹れ、コンロに鍋をかける。トマトと生姜と中華スープの素で簡単にスープを作り、小麦粉をボウルにだして水を加えながら菜箸で混ぜて、ぼそぼそした消しゴムのかすのような塊を作っていく。それを沸騰したスープにほぐし入れ、最後に溶き卵を加えて火を止めた。

「うま」

レンゲで汁をすすり、男性が声をあげた。

「とろっとしてる。食感がおもしろい」

「ガーダスープ。一番早くできる小麦粉料理みたいだよ」

「小麦粉料理」

「中国のね」

「習ってんですか?」

「うん」と頷くと、「おれも教えて欲しいです」と言われた。社交辞令だろうなと流して、「これは簡単だよ」と答える。レシピを知りたいと食い下がるので、連絡先を交換した。

「体に優しいですね」

「風邪とか二日酔いのときにいいらしいよ」

「温まったら眠くなってきました」

「なんだかんだ春って冷えるよね」

「ここ、めっちゃ景色いいですね」

名前も知らない人と青く明けていく空を見ながらとろとろと喋った。体の関係がなくなってなだらかさに満ちていた頃の森崎を思いだした。あの緩慢とした空気があった。

男性はスープを二回お代わりして、茶を飲み干すと、トイレにたって「お邪魔しました」と玄関に向かった。

エントランスまで送ったが、タクシー代は受け取ってくれなかった。

部屋に戻ると、トマトと卵のあたたかい匂いがして、ほっとしたような拍子抜けしたような気分になり、抗いがたい眠気が襲ってきた。

ベッドに倒れ込んで、起きたのは昼過ぎだった。

流しに二人分の食器があって、夢ではないことを知った。ベッドの足元に落ちた薄いコートには縮れた桜の花弁が数枚くっついていた。

料理教室

友の逢引

髪を切る

銀色の鋏がしゃきんと音をたてるたびに、髪の毛が音もなく落ちていく。

光沢のある白い床に散らばっていくそれは好き勝手な向きに反り、数秒前まで自分の体の一部だったものにはとても見えない。たくさんの細い、細い線。

「短くしすぎました?」

鋏が止まり、若い美容師が鏡越しに不安そうな目を向けてきた。丸い目を縁取るオレンジのアイメイクが彼女の潑剌とした雰囲気に良く合っている。

「いえ、大丈夫です。なんか自分の髪じゃないように見えて。切ったら、もう戻らないんだなって。当たり前ですけど」

「ああ」と美容師は床を見て、くるりと箒をすべらして落ちた髪を一ヶ所にまとめた。

「切ると量にびっくりしますよね」

Tシャツ姿のアシスタントの子が駆け寄ってちりとりで持っていく。

「でも、切らなくても、ダメージを受けたら戻らないですよ。髪は死んだ細胞ですから」

髪の傷みを気にして、極力ダメージの少ないヘアスタイルを提案する彼女の口癖だ。当の本人は濃いめの色の金髪だけれど。

「死んだ細胞にあれこれ手を加えてお洒落しているって思うとシュールですね」

「確かに」と笑う。

「そういえば、こないだ銀髪の人と知り合いましたよ」

「へえ、シルバー！　ブリーチが大変そう。どれくらい銀色でした？」

「灰色と白の中間みたいな銀でしたよ」

「ホワイトシルバーですかね。それこそ髪が死にますよ」

ふっと、あの晩の桜がよぎる。都会の、そう暗くない夜の中で、桜も彼の髪も月のように白く淡く発光していて、酔いのせいもあり、音のない夢のようにきれいだった。そうか、死後の世界っぽかったんだと思う。彼が帰っていったのは朝方だったが、すごく深く眠れた。

次の日、フレグランスショップの林くんから連絡がきた。「由井《ゆい》の奴、夜食までご馳走になったそうで。ご迷惑をかけました」という、親かと突っ込みを入れたくなるような文面に彼の体育会系らしさを感じた。由井というのか、名か苗字かどっちだろうと思いながら、落ち着く雰囲気の子だったね、と返すと、しばらく間が空いて、「桐原さんが前に購入されたものと同じ香水をつけているからでしょうかね」と返信がきた。知っている匂いに無意識に安心していたのだろうか。そう言われてみれば、部屋に初対面の男性をあげることも、気を遣わず人とゆったり喋れたのも、めずらしいことだった。

ただ、林くんとのやりとりの最後に「由井のこと、これからもよろしくお願いします。

あいつは年上好きなので」という文面と親指をたてた絵文字が送られてきたのには、少し曇った気分になった。あの晩の時間に変な色をつけられたくなかった。

私が思い返している間、美容師は黙って鋏を動かしていた。隣の席からは私と同じ齢くらいの女性客と若い男性美容師の会話がひっきりなしに聞こえてくる。

「旦那がキャンプにはまってさー、車中泊するためにハイエースを改造しちゃったの」

「えーガチじゃん！」

男性美容師のタメ口と大げさな笑い声が耳につく。さえぎりたくて、自分の担当に話しかける。

「そういえば、結婚相談所の見学に行ってきたんですよ」

えーどうでした、と美容師が身を乗りだしてくる。説明をしてくれたマリッジコンサルタントの間宮さんという女性からは一度メールがきていた。入会を促すようなものではなく、追加で質問があればなんなりとお答えします、といった控えめなものだった。それよりも、連絡先を交換した香織さんのほうが積極的で、とりとめのない雑談メッセージの合間に何度も婚活に誘ってくる。

「もしかして、それで髪型を変えることにしたんですか？」

「うーん、どうなんでしょう、まだ入ると決めたわけではないですし。髪を切ったのは、単なる気分転換だと思います。毎年、木の芽時に心身のバランスが崩れがちなんですよね」

「いいんじゃないですか、婚活」

「でも、離婚してまだ半年も経っていないんですよ」

「だからこそですよー、心機一転の春にしてしまいましょうよ！」

明るく言われて、笑みがもれた。結婚相談所もヘアスタイルを変えることと同じ、選択のひとつだと思うと楽な気持ちになった。美容師と客という、月に一度会って近況を話す関係性はちょっとカウンセリングぽいと思う。お互いプライベートで会うこともないし、特別興味があるわけでもないから、よそよそしくない程度の安全な距離感で好きに喋れる。重い出来事を軽く流してもらったり、身辺で起きたことを整理したりするための会話。

美容師が「あたしもそういうので探そうかな」と手を動かしながらため息をついた。彼女にはコロナ禍の緊急事態宣言中にマッチングアプリで出会った恋人がいるはずだった。

「あれ、別れたんですか？」

「別れてはないんですけど、結婚っていう感じでもなくて。まあ、そりゃそうなんですよね。恋人の条件でマッチングしたんだから、結婚はまた違いますよね」

「そうなの？」

「だって、求めるものが違いません？　恋人と結婚相手だったら」

汚れひとつない鏡の中の、ひとまわりも下の子の顔をまじまじと眺めた。しっかりしている。この子くらいの頃、私はまだ森崎にも出会っていなかった。慣れない仕事の合間にすがりつくような刹那的な恋を繰り返しているだけだった。

「結婚って好きな人とするもんだと思ってました」

「好きだけでは難しいですよー」と、美容師はのんびりした口調で言い、櫛で私の髪を揃えては細かく鋏を動かして整えていく。真剣なまなざしで左右の髪の長さを調整する横顔をしばらく眺めた。

でも、と思う。好きだけではない、条件に合った人と結婚をして、ある日、急に恋愛がしたくなったらどうするのだろう。恋人にしか埋められないものを欲してしまったら、その欲望に蓋をして結婚生活を続けていくのだろうか。それとも、森崎のように、恋愛がしたくなったと、伴侶に別れを切りだすのか。

美容師が手を止め、満足げに小さく頷いた。

「どうしました？」

私の視線に気づき、顔をあげ、目尻に笑みをたたえて首を傾げる。

「もっと早く知りたかったな、と思って」

「え、なにをです？」

「好きだけでは難しいってことを。好きな人と結婚して失敗したので」

「失敗って言っちゃ駄目ですよー、合わなかっただけです」

さっぱりと言い、「毛、飛ばしますねー」とドライヤーを手に取る。ポジティブな子だと感心する。若いからか。いや、客のプライベートな話にいちいち感情移入していたらやっていられないのだろう。

「お疲れさまでした」の声と共にドライヤーの風が止まる。

頭を振ると、顎のまわりで切りたての髪がさらさらと揺れた。あらわになった首まわりが涼しい。まっすぐに切り揃えたボブへアーだけど、ベージュのハイライトカラーも入れてもらったので軽やかさもある。

「ずいぶん切りましたね」と美容師が充実感をにじませた声で言う。

「すっきりしました」と鏡を見つめ、目線を落とす。夜な夜な手入れをして、どんなに忙しい朝でもセットを欠かさなかった、死んだ細胞たちが足元に散っていた。

ふいに髪が切りたくなったのは、余計なものを削ぎ落としたかったのかもしれないと思った。


ボウルの底で寝かせた生地を、筋の浮いた手がそっと持ちあげる。やっぱり大きいな、と思う。指も長い。私なら両手を使わなくては持てない量なのに。

目を逸らし、「打ち粉、打ち粉」と板に粉を振る。

「すみません」

かすかな焦りをにじませた声。それでも動きは荒くならず、柔らかい生きものを横たえるように生地を板に置くところに好感がもてる。教えた通りに、掌の腹を使って上から下へと生地をこねていく。銀色の髪が揺れる。作業を見守るふりをして、その真剣な横顔を眺めた。

この子、こんなところでなにしているんだろう。

休日の昼間に、恋人でもなく友人とも言えない若い男性が私の部屋で黙々と小麦粉料理に励んでいる。

ひとりだとちょうど良かったワンルームの台所がひどく狭く感じる。シンクも作業台も長身の彼には低すぎる。おまけに、なんだか室温すら高くなったように思える。横でぎゅっぎゅっと生地をこねる体からは触れなくても温度が伝わってくる。血の巡りの健やかな、熱い体。それがちょっと息苦しい。レシピノートに目を走らせて、「それくらいでいいよ。ふたつに分けて」と指示をだす。

「はい」

無駄のない返事。

「二種類作るから。ひとつは四角に、ひとつは丸く伸ばして」

「どれくらいですか?」

「二十センチくらいに。板に目盛りがついているから」

「わかりました」

素っ気なく思えるほどに必要最低限のことしか言わない。よく喋る林くんとはまったく違う。不機嫌なのではなく、集中すると口数が減るタイプなのだろう。麺棒を手に取り、ゆっくり慎重に生地を伸ばしている。丁寧すぎるその手つきは日常的に料理をしている者のそれではなかった。じゃあ、どうして、とまた疑問がわく。

夜桜の晩にうちに来た銀髪の彼は、一日置いてメッセージを送ってきた。内容は、簡潔な礼とガーダスープのレシピを乞うもので、騒がしい絵文字もスタンプもなく、会っているときの物静かな印象と同じだった。教えて欲しいと言った手前、社交辞令で訊いてきたのだろうと思ったので、レシピブックの写真を撮って送った。

三日後に「どうもうまくいきません」と連絡がきた。電話していいですか、と言うので、慌てて湯船からあがり口頭で説明した。それでも、やはりうまくいかなかったようで、直接教えることにした。そのまま週末恒例の個人料理教室のようになってしまっている。一緒に生地を練り、寝かせて、成形し、火を通して、食べる。習ったことの復習になるし、改めて人に教えるとなると自分で作っていたときは曖昧にしていた部分も見えてきて悪くはないのだが、ふとした瞬間に、身を縮めるようにして料理をしている若い男性が自分の部屋にいる理由がよくわからなくなる。

茶化されたり焚きつけられたりするのが嫌で早希にも尊先輩にも話していない。マキさんとはこのところ予定が合わず飲みに行けていなかった。唯一、観月台先輩には話した。

——それは、おもしろい

スマートフォンの画面に浮かんだ一行はとても観月台先輩らしかった。好きなことを共有できる人がいるのは楽しい、週一で会って小麦粉をこねる関係性はなかなかない、と続けてメッセージが届く。そうですね、と返しながら、楽しいか、と思った。悪くない、とは感じるけれど、まだ楽しいとは思えていない。

「由井くん」

つぶやいていた。七つ下の彼には「さん」ではなく、「くん」がしっくりくる。あれ、というような顔をして彼が私を見た。

「なんですか」

「楽しい？」

問うと、「楽しいですよ」と真顔で返された。無表情といっていい。しかも、そのままこちらを見つめている。今度は私が「え、なに」と言った。

「知ってたんですか、おれの名前」

「名前なの？」

「苗字ですけど、いつ訊いてくれるのかなって思っていたので」

「林くんが言っていたから。こっち、もういい？」

平たい長方形になった生地に粗塩をふり、たらりと太白胡麻油を垂らす。まんべんなく油をのばし、先に刻んでおいた葱を散らした。

「これをロールケーキみたいに巻いて、ひねって潰すの。麺棒で丸く伸ばしてフライパンで焼いたら葱花餅《ツォンホアピン》は完成」

「ロールケーキを作ったことがないので、うまく想像できません。やってもらっていいですか。家で復習します」

「はいはい」と腕を伸ばしてコンロの火を点けた。私の手元を覗き込んでいた由井くんの上半身をくぐるようなかたちになる。

「フライパンはじっくり予熱しておいたほうが扱いやすいよ」と言うつもりが、「あれ」と声がでた。この香り。

油や粉の匂いをふり払って、糸を辿るように香りを探る。私が持っている香りではない。でも、このみずみずしくて甘くスパイシーな匂いは知っている。そのとき、前の家の寝室がよぎった。カーテンを閉めきった、一面が本棚の薄暗い部屋。はっとする。

森崎の香水だ。コリアンダーがベースの、私が好きだった香り。

手を止めた私を由井くんが見下ろしていた。熱されたフライパンがちちっと音をたてた。

「由井くん、香水つけてる?」

「あ、すみません」と、わずかに身をひく。「いつもはつけてこないようにしているんですが、今日は先にちょっと用事があったので」

香水をつけなきゃいけない用事ってなんだろう、と思ったが訊かなかった。

「初めてうちに来た日もつけていたやつだよね。コリアンダーがベースの」

「そうですよ。林ですか」

「うん、私が買った香水と同じものをつけてますよって言ってたんだけどね、違った。確かに私が買ったものだけど、別れた夫にプレゼントした香水だった」

話しながら生地をくるくると巻く。板にくっつきかけていた。危ない。持ちあげて、手の中でぎゅっと捻り、板に打ち粉を追加して押し潰す。しっとりとした生地を通して刻んだ葱のぶつぶつした感触がした。破けないように麺棒で丸く伸ばしていく。

「まりえさんの元夫と同じ匂いってことですか」

名前で呼ぶのか、と思ったが、早くフライパンに放り込みたいので、由井くんの表情を見る余裕がない。声はたんたんとしていた。

「同じってことはないよ。同じ香水だってことはわかるけど、やっぱりちょっと違う」

だって、森崎の匂いは耐えられなくなったから。

さすがにそれは言えなかったが、同じ香水を使っていたから初対面でもリラックスできていたのかと思うと、なんともいえない気分になった。ちょっと体がだるくなるような、幻滅に近い感覚。自分の無意識に対する軽い嫌悪感。

「憎み合って別れたわけじゃないから、嫌な匂いではないんだよ」

嘘と本当を織り混ぜて言った。由井くんはそれにはなにも返さず、「林は」とげんなりした声をだした。

「他になに言ってました。おれに関することで」

「年上好きだって」

わざとからかうような口調で言って、胡麻油を流したフライパンに生地をすべらす。じゅわ、と音がたって、芳ばしい匂いが甘いコリアンダーの香りを払拭した。

ちらりと、由井くんを窺うと、ふてくされた子供みたいな顔をしていた。

その表情を見ると、お腹の底がむずむずするような気分になった。ちょっとだけ楽しかった。けれど、その楽しさは観月台先輩の言う楽しさとは違うもののような気がした。

葱と塩だけの葱花餅と、味をしっかりつけた挽き肉を入れた肉餅《ロービン》を作った。中国茶を淹れ、胡麻油と焦げた肉汁の匂いが満ちた部屋で試食をする。

「餅っていう漢字でしたけど、パイみたいですね。巻いたり、ひねったり、たたんだりすることで生地が薄い層になるんですね。同じ生地なのに葱のほうはさくさくして、肉のほうはジューシーで、どちらもいいです」

由井くんは食べたものの感想をきちんと言語化する。生真面目な顔で、もぐもぐと口を動かしているのが可笑しい。

「餅《ピン》は中国では小麦粉を練って焼いたもののことを指すらしいから。ちゃんと層になるのは油の力だよ。辣油とか黒酢いる？　葱のほう、味あんまりなくない？」

ピザのように三角に切った一片に手を伸ばしながら由井くんが首を横に振る。

「いえ、これはこれでシンプルでうまいです。肉のほうが味濃いからちょうどいいし」

ある程度、感想を言うと敬語が消えて、ほとんど「うま」としか呻《うめ》かなくなるのが好ましい。瞬く間に皿が空く。食べっぷりを見ているだけでお腹がふくれていく。

「あ、すみません。時間かけて作ったものをばくばく食って」

「なんで。熱いうちに食べるほうが美味しいよ。特にこの料理は」

「母親がよく怒ってたんで」

「ああ」と笑いながら茶を注ぎ足す。「うちの母も。手間かけて作っても一瞬で食べられるって文句言ってた。でも余るよりいいと思うんだけどな」

由井くんは同意も否定もしない。透明な肉汁がしたたる餅を、顔を傾けて頰張る。

「でも、毎日だったら嫌になるのかもね。生活ってずっとずっと続くじゃない。ずうっと先まで見渡せるのってしんどいときもあるよね。母からしたら私の小麦粉料理なんておままごとにしか見えないんだろうな。まあ、実際、時間に余裕のあるときにしかしないし」

お猪口のように小さな器で茶を飲む。二口でなくなるので、また注ぐ。休日にこうやってちまちまと中国茶を淹れるのが好きだ。いままではひとりの時間だったのだけれど。

「まりえさんは」

「桐原さんかな」とさえぎる。

「名前、嫌いなんですか」

「ちょっと落ち着かなくて」

「駄目ですか?」

訊くのってずるいな、と思う。嫌だと言い張るのはなんだか大人げない。

「駄目じゃないけど」

「じゃあ、まりえさん」

大人しそうに見えて強情なところがあるのか、由井くんは名前で呼ぶのを止めない。根負けして「なんでしょうか」と息を吐く。

「おままごと、楽しいですか?」

ちょっと考える。由井くんとの時間を指しているのか、純粋に小麦粉料理を作ることなのか。

「楽しいよ」と短く答える。「じゃなきゃ、やらない」

「おれは」と由井くんがお茶を一口で飲んだ。喉仏がぴくんと動く。

「粉がいろいろなかたちになるのがなんかおもしろくて。子供の頃に砂場で作った城みたいで。でも、崩れて砂に戻るわけじゃなくて、熱くて、うまい。おれ、ウェブデザインをやってんですよ。仕事は好きですけど、手に触れられるものを作るって楽しいんだなって思いました。感触に飢えていたのかもしれません」

思わず手を見てしまった。血管の浮いた、大きな手。自分とは違う性別の人間なのだと、ひと目でわかる。

「私もそうだよ。コロナで在宅勤務になって、なんか手を動かしたくてはじめたし。手を動かしている間は暗いこと考えないしね」

「生産的ですよね」

「うん、達成感もあるし」

頷き合う。言葉が通じるのは嬉しい。友人にはいなかったタイプだけど、仲良くなれるかもしれない。

「あと、おれ、怖くないですか」

「怖い？」

「表情ないし、作業中けっこう無言になるし、職場でよく怖いって言われていて。今はリモートだから助かってますけど、もっと表情なくなっていっている気がするんで」

あー、と言葉を探した。この子のことは最初から不思議と怖くはなかった。

「でも、ちゃんと返事はするじゃない。部下に由井くんに似たタイプの子いるからわかるよ、集中しているんだなって」

そうですか、と由井くんは呟くように言って、最後の葱花餅の一切れを食べた。

「なんか嬉しいです。やっぱ、言われると、傷つくんで」

傷つく、という単語に少し驚く。そこに含まれる軋《きし》んだ痛みを、ひさびさに感じた。まわりも、自分も、気づけば傷つかなくなっている。いや、傷ついたと言わなくなった。歳より子供じみた尊先輩ですら、私や観月台先輩にやいやい言われても傷ついたとは言わない。厳しいとか、しんどいとか、ふざけた口調で大袈裟に喚くだけだ。

昔はもっとダイレクトに傷ついていた。仕事でも、恋愛でも、友情でも、親子関係でも、日常の中のちょっとした女性蔑視にも。でも、今は傷ついている自分に傷つく歳になった気がする。

初めて知る痛みは減り、いろいろなことがぼんやりした。その淡さに安心している。小さな満足で充分に満たされ、自分自身が呑み込まれそうな欲望からは反射的に身をひく。生活が一番大事で、自分だけの巣を守りたい。だから、いちいち傷ついていられない。歳の差ってこういうことか、と思った。由井くんと私は同じ場所には立っていない。同じ言葉を使っていても、経験によって含まれる意味は微妙に違う。

食べ終え、深い息を吐いていた由井くんがぼそりと言った。

「林のああいうところ、ほんとうに良くないと思うんですよね」

ふいを突かれて、「え、どういうところ」と声がうわずる。

「年上好きとか勝手に言うとこです」

「ああ」と笑ってしまった。気にしてるんだ、とからかいそうになったが、しっかり眉間に皺が入っていたので止めた。

「好きになった人に年上が多かっただけで、年上という条件で選んだわけじゃないですから」

「条件で選ぶのは駄目なことなの？」

「駄目とは言ってませんけど、おれはなるべくしたくないです」

「なんで」と訊くと、不思議そうな顔をされた。それがこの子の当たり前なのかもしれない。質問を変える。

「でも、条件で絞らないと探しにくくない？」

「探さないので」

「若い子はマッチングアプリとかで恋人を探すんじゃないの？」

「主語が大きいです」と言下に退けられる。自分がよくマキさんに言っていることだったから恥ずかしくなる。

「他の人は知りませんけど、おれは出会い系とかはしませんね。条件で選んでも出会えた気がしない。出会えたと思えなかったら、その関係を大事にできないと思うんですよ」

そうなんだ、としか言えない自分が間抜けに思えた。でも、「わかる」とも「誠実だね」とも言えない。彼は彼の考え方で生きていて、それに安易に共感したり感心したりするのは違うような気がした。本人もそんなことを望んで話したわけではないだろう。

黙って茶を注ぎ足していたら、「ちなみに」と由井くんが口をひらいた。ちょっと目が笑っている。

「林もマッチングアプリとか使いませんよ。お客さんをひょいひょいひっかけてますから。あいつも年上好きなので気をつけてくださいね」

「いいの、言って」と言うと、「仕返しです」と口の端で笑った。ごちそうさまでした、と立ちあがる。片付けますと言うのを、手をふって拒む。いつもは日が暮れるまでだらだらと喋っていくのに今日は早い。質問しすぎて気を悪くさせたかな、と思っていると「今から林のところに行ってきます」と玄関でふり返った。

「え、文句言いに?」

「違いますよ」と目を細めて笑う。「香水、変えたいから」

え、とまた言いかけて、呑み込む。意味を問わないほうがいい気がした。

由井くんは反応を窺うようにこちらを見ていたが、背を向けてスニーカーを履いた。ドアノブに手をかけ「夜、電話していいですか」と言う。

「復習するの？」

「違います」

ドアを開く。

「まりえさん、見た目はきりっとしているのに、声かわいいので。あと、髪、似合ってます」

不覚にも心臓がはねた。じゃあまた、とドアが閉まる。ひんやりしたドアに耳をつけて、靴音が去っていくのを確認していたら、突然、靴箱の上に置いていたスマートフォンが音をたてて震えた。

見ると、森崎からだった。旅貯金を分けるのを忘れていた、とある。年に一度、貯めたお金で旅行をしていたのだが、コロナ禍ですっかり放置していた。

適当に半分にして振り込んでおいて、と手早く打ち、通知を切った。森崎の名を見て反射的に悪いことをしているような気分にさせられたのがわずらわしかった。

もう、関係ないのに。

部屋に戻って、二人分の茶器を流しに運ぶ。空いた椅子を見ると、帰りぎわの由井くんの声がよみがえった。息を大きく吐く。

こういうの、落ち着かない。台所やテーブルまわりが妙によそよそしい。由井くんの気配や体温がまだ部屋のあちこちに残っている気がした。

誰もいない部屋で「旅貯金で婚活してみようかな」とつぶやいた。

ハイライトカラーを入れたボブヘアーは、マリッジコンサルタントの間宮さんには不評のようだった。

「もう少し長さがありましたら髪が巻けましたのに。毛先がふわっとしているほうが優しい印象になるんですよ」と、結婚相談所と同じビル内にあるスタジオで何度も言った。メイクをしてくれるスタイリストにも「血色がよく見えるようにもっとチークを」と指示をだしている。

結局、私は短い髪にむりやりヘアアイロンを当てられ、後ろに流れるようにふんわりと髪をカールされた。睫毛はナチュラルに、唇と頬はピンク色、眉はぼんやりと柔らかく、毛穴はしっかりファンデーションで埋められた。そうしてできたプロフィール写真は歴史の教科書にでも載りそうなほど前時代的な淑女感をたたえていたが、間宮さんは「とても品よく盛れました」とご満悦だった。

「男性のプロフィール写真も化粧したりして盛るんですか」と訊くと、「もちろんです」と返ってきた。あまりに普段の自分の姿とかけ離れていたので、実際に会ったときに非難されないか心配だったが、お互い盛っていることを了承済みならいいのだろうか。でも、会ったときの第一印象が「写真より肌が汚いな」になる予感がひしひしとした。

「実際にお会いになるときはホテルのロビーラウンジでお願いしています。もちろん変なホテルではなく、このビルの隣にあるような一流のホテルです。時間もきっちり決められております。休日のみの活動となると、一日に三件入ることもありますが、お会計はすべて男性負担なのでご心配なさらないでください」

私が提出した書類を確認すると、間宮さんは満面の笑みで言った。お茶代くらいだせるので、なんの心配だろうと思った。

「プロフィール写真のような微笑みでいらっしゃることをおすすめします。女性慣れしていない男性もいらっしゃるので威圧感のない服装や表情を心がけてくださいね」

アルカイックスマイルを浮かべる自分の写真を見た。目が死んでいるようにしか見えない。微笑み続けるしんどさを思うと、もうめげそうになった。

「がんばりましょうね！」と間宮さんが拳を握るたびに手首の数珠がじゃらじゃら鳴る。よろしくお願いします、と頭を下げ、早々に退出した。

同じフロアにあるゴージャスなトイレで用を済ませ、鏡に映る塗りたくられた自分の顔に肩を落とす。家に帰って洗うしかない。

エレベーターの中で香織さんに入会した旨を伝えるメッセージを打っていたら、途中の階でどやどやと正装した男女が乗り込んできた。皆、手に同じ紙袋を持っている。結婚式の帰りなのだろう。隣接する老舗ホテルとの連絡通路があるようで、「あれ、ここでいいの？」「こっから地下鉄いけるんじゃない」とか言い交わしている。

ロビーラウンジに行けば、顔合わせをしている会員が見られるかもしれない。参考までにと人の間をすり抜けてエレベーターを出る。

連絡通路を過ぎると、コツコツと鳴る廊下が臙脂色の絨毯に変わり、靴音が吸い込まれた。人々のくぐもったざわめきに包まれる。フロントの前を横切り、コーヒーの香りのするほうへと歩いていく。

そのとき、知っている顔とすれ違った。確信が持てず声をかけられなかったのは、彼女が腕を組んでいる相手が彼女の夫ではなかったからだ。

でも、確かに早希だった。一昨日、貰いもののジャムと蜂蜜の詰めあわせを渡したときに持っていたバッグを肩にかけている。立ち話で子育ての愚痴を聞いた。二人は客室のエレベーターのほうへ向かっていく。

スマートフォンをだして電話をかける。歩き去っていく男女の足が止まり、女性がバッグに手を入れた。

「まりえ、どしたの」

スマートフォンから、くぐもったざわめきに包まれた友人の声が聞こえた。「後ろ」と言う。

口を半びらきにしてふり返った早希と目が合う。私がスマートフォンを耳から離すのと、男性がさっと早希の腕をほどくのが同時だった。近づき、「早希がお世話になっています」と見つめる。

どこかで見たような顔だった。髪は薄くなり、顎まわりの肉はたるんでいたが、昔、早希と不倫していた男性で間違いない。当時、社会人になったばかりの私たちがバーで酔っぱらっているときに声をかけてきた男のひとり。あの頃は、三十代後半の営業職でいかにも自信に満ちあふれていたが、今はどこにでもいるだらしない体の五十代半ばの男性になっていた。還暦も近づいているだろうに、まだこんなことをしているのか。ずんぐりした薬指には銀色に光る指輪が食い込んでいた。

男性は歳をとった分だけふてぶてしくなっていた。

「こちらこそ仕事でお世話になっています」と頭も下げずに言うと、「じゃあ、後ほど」と早希に視線を送りエレベーターのほうへそそくさと去っていった。

「休日にホテルの部屋で仕事の話？」

早希は男性の後ろ姿を見つめながら、「ああ見えてビビってるから苛《いじ》めないであげて」と悪びれず言った。「後ろ姿、ただのおっさんだね」と他人事のようにつぶやく。

不貞を目撃されて他に言うことはないのかと呆れたが、別に私が咎める必要もないと思いなおす。でも、「尊先輩のこと言えないじゃない」とだけは言った。

「そうだね」と早希は肩をすくめて笑い、「まりえの元夫のこともね。ごめん。自分が後ろ暗いことしてるとさ、やっぱ疑うよね」

「後ろ暗いんだ」

「そりゃあ、まあ。でも、必要なことなんだ、どうしても」

わあっと華やかな歓声があがり、中庭に目を遣ると、チャペルから新郎新婦が出てくるところだった。花吹雪が舞い、ライスシャワーが降りそそぐ。真っ白な衣装に身を包んだ二人をみんなが祝福していた。

早希の二回目の結婚式に出席したことを思いだした。一回目の結婚はお金がなくてできなかったから馬鹿みたいに豪華にしちゃったと早希は照れた顔で笑っていた。

「なにに必要なの」

「円満な結婚生活に」

しばらく沈黙が流れた。中庭でフラッシュの光がちかちかときらめく。

「そっか」と言うと、早希がこちらを見た気配がした。

「なんか変だなって思ってたけど、なにそのメイク。すれ違っても気づかないはずだわ」

「気分転換」

「すごく似合ってないよ」

「知ってる」

突然、早希は体を曲げて笑いだした。甲高い声が高い天井を抜けていく。学生の頃に戻ったような人目をはばからない笑いだった。

「そんなに笑うことなくない？」

「だって、ほんとうに似合ってないんだもん。あー、こんなに笑ったのひさしぶり」

ひいひいとひきつった声をあげ、目尻の涙を拭いている。なんだかまぶしく見えた。いつも苛立ってとげとげした話し方をしている友人が、今日はまるい表情をして笑っていることに気づく。母でも、妻でもないからなのか。「じゃあ、またね」ときびすを返そうとしたら袖を摑まれた。

「お詫びにお茶おごるよ。ちょっと時間ある？」

「不倫相手、放っておいていいの？」

「今日は旦那が子供連れて実家に帰っているから時間はたっぷりあるし」

　ふと、人生の半分ほどを友人として親しんだこの女性は、不倫相手とどんなセックスをするのだろうと思った。

「じゃあ、プリン・ア・ラ・モード食べていい？」

　想像を打ち消したくて、わざと明るい声をだす。いいよ、いいよ、なんでも、と早希はロビーラウンジのほうへずんずん歩いていく。

　玩具のように陽気な、思いきり甘いものが食べたい気分だった。

古文の授業

お見合い

紫陽花

あれは古文の授業でのことだった。

　私は高校生で、クラスの大半は初老の教師の抑揚のない話しぶりに船を漕いでいた。特に男子は机に突っ伏してあからさまに沈没している者が目についた。けれど、教師は注意することも不機嫌になることもなく、自分のペースでたんたんと授業を続けていた。

　伊勢物語かなにかの古典だったと思う。平安時代の恋の話だと教師は言った。百以上ある段のすべてを読んだわけではなかったが、男性が主体となった物語が多いように感じた。男が恋をし、禁を犯し、女に幻滅したり絶望したり愛を誓ったりしていた。都を追われ涙を流す場面に、千年も前の男性は感情的だと驚いた。当時は男性の泣く姿を見たことがなかったから。

　その日、取りあげた段は悲恋ものだった。男と女が一緒に住んでいた。男は都に働きに出てしまい三年の間、音信が途絶える。女が新しい男と逢おうとした日に、折悪しく男が帰ってくる。女は、これから他の男を迎え入れるつもりだと和歌で告げる。男は、女と新しい男の幸せを願い去っていく。男への気持ちがよみがえった女は男の後を追うが、追いつけずに倒れ、自らの血で男への想いを綴り息絶えてしまう。

すれ違いの悲劇だと教師は語り、こつこつと黒板を鳴らして品詞分解をした。私はなんとなく腑に落ちなかった。「ねえ、どう思う」と友人に訊きたい気分だったが、授業中に私語をするわけにもいかない。友人たちは頬杖をついたり、爪をいじったりしていた。休み時間や放課後に恋バナに興じる彼女たちも、和歌を交わし合うような恋には興味がないようだった。原文を眺めていると、教師に突然「桐原」と名を呼ばれた。

「君なら、三年待てるかね」

白いものが混じったぼさぼさの眉毛の下の小さな眼が私を見つめていた。

三年、と考えた。できたばかりの彼氏とは希望大学が違い、三年どころか一年先の保証もなかったし、三年間ずっと好きでい続けた人もいなかった。三年という年月の実感が高校生の私にはうまく捉えられなかった。

それでも、「待っていてと言われていたなら」と私は答えた。「約束になると思うので」とつけ足す。真面目に答えすぎたかと恥ずかしくなりまわりを窺ったが、ほとんど誰も聞いていなかった。教師は「そうか」とかすかに満足そうな笑みを浮かべ、黒板に向き直ると変わらぬ調子で授業を続けた。いつも同じ灰色のズボンは尻の辺りが皺だらけだった。

もう生徒に期待など失くしてしまったかのような教師がどうして急に質問をしてきたのか気になった。

休み時間に職員室を覗くと、初老の教師が顔をあげた。どうした、というように首を突きだすので、大きめのカーディガンの袖をぶらぶらとさせながら近づいた。

「女は待つしかできないんですか」

初老の教師はぽかんとした顔をした。すぐに、ああ、と頷く。

「あの時代の貴族は一夫多妻制の通い婚で、女性は仕事をせず、家に属するものだったから。男がいなくなり生活が困窮していたのかもしれないね。そうなると、女性は経済力のある男性を迎え入れるしかない」

「えー」と思わず声がでた。「それって、身売りじゃないですか」

「身売りって、すごいことを言うね」と教師は目を丸くした。それから腕を組んで唸《うな》りながら顎を揺らした。古いデスクチェアがぎしぎしと鳴った。

「まあ、一理あるかもね。家や生活のために顔も知らない人間と契りを結ぶのだから。男からしたらロマンティックな恋の物語でも、女性にしたら命懸けの生存戦略なのかもしれない」

「でも最後、死んでますよね。あそこも納得いきません。一度は違う男に乗りかえる覚悟をした女が、失恋したくらいで息絶えるなんておかしくないですか。追いつけないとわかったら、さっさと戻って新しい男を迎えると思うんですけど」

怒られるのかと思ったのに、ははは、と教師は愉快そうに笑った。枯れた気配がただよう彼の、そんな表情は初めて見た。

「君は切り替えが早いね。たくましい。あんがい男のほうが根に持つのかもしれない」

私から目を逸らし、どこか遠くを見た。

「そうだなあ、これはきっと男が書いているんだろうな。好いた女は自分を一途に想って欲しい。心変わりするくらいなら死んで欲しい。男にはそういう身勝手な幻想や願望があるのかもしれないね」

なんと言っていいかわからず、「はあ」とだけ相槌を打った気がする。教師はふっといつもの顔に戻り、「こうやってね、感じたことを話すのはいいことです。友人でも、家族でも、誰でもいい。そうしたら古いだけの物語にも血が通う」と平坦な口調で言った。

後に、その教師の噂を聞いた。妻が男を作って逃げ、男手ひとつで二人の子供を育てているというようなものだった。なんかよれてるもんねー、とクラスの女子たちは笑った。本当かどうかはわからない。古文は好きになったが、あのときの授業以外で二人きりで言葉を交わすことはなかった。


今は平安の世ではないし、私は待つことしかできない女ではない。ひとりで生きていくこともできるし、選択権もある。なのに、なぜか遠い昔の古文の授業を思いだした。ただ待つばかりの女。家から逃れられない女。

品定めされているような気になるからだろうか。ひろびろとした日本庭園が望めるホテルのロビーで姿勢を正す。膝は揃えて脚は斜めに。ふかふかの絨毯にヒールのかかとが埋まっている。スニーカーもブーツもお控えくださいと言われていた。ストッキングも自然な肌色のものをと。

目の前には初対面の男性が座っている。初対面だが、学歴も職歴も家族構成も知っている。趣味や出生地も。予想通り、プロフィールにあった写真よりは肌のきめが粗く、髭の剃りあとが目立ち、表情もかたいが、それは私も同じことだろう。マリッジコンサルタントの間宮さんがアレンジしてくれた「お見合い」だった。

ポットサービスのお茶をティーカップに注ぐ。今日、三回目なので、もうお腹がたぷたぷで、脚もむくんできた。紅茶の飲み過ぎで胃もしくしくしてきた気がする。最初からハーブティーにすれば良かったなと思いながら薄黄緑の透明な液体をすすった。男性はコーヒーカップの中の黒々とした液体を見つめている。

「お申込みがあった中から選別させていただきました」と間宮さんが送ってきたプロフィールは三人分あった。選ぶのも申し訳なく感じ、全員と会ってみることにした。土日の両日が潰れてしまうのは嫌だったので、一日にまとめた結果、午前中からホテルをはしごすることになってしまった。初対面の人間と会話をするのは仕事柄は慣れていたが、仕事と違うのは話題を探さなくてはいけないことだった。

おまけに、目の前の男性は挨拶をしたきり、黙っている。私のことが気に食わないならさっさと切りあげてくれて構わないのに、と思う。

「野球がお好きなんですか?」

問うと、「ああ、まあ」という答えが返ってきた。ちらりともこちらを見ない。

「球場に行かれたりするんですか?」

「いえ、人の多いところはちょっと。父親がテレビで野球中継をいつも見ていたので習慣で見るようになっただけなので」

会話をする気があるのだろうか。話が膨らまない。単なる習慣を趣味の欄に書かないで欲しい。ちびちびとハーブティーをすするが、体がもう水分を欲していないせいかハーブの草っぽさが喉につかえる。

一人目の男性はやけに質問が多かった。役職についているようですが、結婚されたら仕事はどうするおつもりですか? 得意な家事はなんですか? 子供や老人はお好きですか? と続けざまに訊かれた。仕事は続けますよ、と答えると、真顔で「じゃあ、家のことはどうするおつもりですか?」とまた質問が飛んできた。「あなたは家のことを一切しないおつもりですか?」と訊き返したい気持ちが込みあげたが、威圧してはいけませんというマリッジコンサルタントの忠告を思いだし「二人の家庭だと思うので、家事は分担できたらと思っています」と答えた。その瞬間、男性の顔にありありと失望が浮かんだ。「はずれ」という太い文字が読み取れそうで、あまりのわかりやすさに軽蔑を忘れて感心してしまったくらいだった。「もう私も若くない歳ですから」と、私より五つ年上のその男性はたるんだ腹をさすりながら言った。「子供はそんなに期待していませんが、そろそろ親の介護が必要になってくるんですよ。長男ですから。でも、ほら、私には仕事があるのでね」諭《さと》すように言われた。子を産む女性としてではなく、家政婦としての労働力を求められているのだとわかった。大変にわかりやすい。

ふと、早希を思いだした。不倫相手のことを「わかりやすくていいの」と言っていた。「もう卑怯な小心者だってわかっているから期待もないし。求めてくるものがはっきりしてるから御《ぎょ》しやすくて楽」と。

でも、それは少なからず早希にも得るものがあるから続く関係だ。もしくは、切れない情のようなものが存在するから。目の前の男性を見つめ、自分のキャリアを手放してまでこの人に欲しいものがあるか、人間として惹かれるところがあるか探しながら、「それは大変ですね」とプロフィール写真を撮影したときに叩き込まれた微笑みを浮かべた。「そうなんですよ」と鼻をふくらませた顔を見て、ないな、と思った。

二人目の男性は小洒落た雰囲気だった。手入れのされた髭を生やし、堅苦しさを感じさせない細身のスーツを着て、体型にも気を遣っているのが見てとれた。もうすぐ五十歳と書かれていたが、一人目の男性よりも若く見えた。「これ、良かったら」と、フランスのショコラティエのロゴが入った小さな紙袋を手渡してくる。「初対面でいただけません」と慌てて首を振ったが、「たいしたものじゃないし貰ってよ」と手を引っ込めない。結婚相談所にはトラブルを避けるために細かな決まりがあり、本交際に至るまでは高価な贈り物は禁止されていた。まあチョコレートくらいならいいか、と諦め「ありがとうございます。ここの、美味しいですよね」と受け取った。「へえ、知ってるんだ」と男性は先にソファに腰かけ、脚を組んだ。「女の子って、いくつになっても甘いものが好きだよねえ」

女の子扱いをされたことは近年なかったし、絶妙に失礼なことを言われたような気がした。男性には二度の離婚歴があり、女性の扱いに慣れた様子が感じられた。一人目の男性と比べて会話の幅も広い。けれど、話しているうちに段々と窮屈さを覚えるようになった。ジャズや映画やお酒の知識が豊富なのはいい。けれど、私が知っていることを話しだすと、自分の語れる方向へ話を持っていく。香水が好きだという話をすればシリーズもののスパイ映画で主人公が使っている香水を列挙し、小麦粉料理を習っていると言えば知り合いのイタリアンの手打ちパスタの素晴らしさを語りだす。結果、私は「そうなんですか」と相槌を打つだけになる。男は意気揚々と自分の交友関係や趣味を羅列し、ちらりとブランドものの時計を見た。「近くに明るいうちからやっている良いバーがあるから」と席を立とうとする。「いいえ、あの今日はお茶だけというお約束ですから」と断ると「えー、いいじゃない」と笑われた。初回と二回目の「お見合い」はお茶かランチを推奨されていた。お酒が入る夜の会食はなるべく三回目以降でお願いします、と言われている。一夜を過ごすようなことが起きた場合、「ご成約」とみなされ、安くはない成約料を支払って退会しなければならない。「決まりですから」と微笑むと、「桐原さん、バツイチだよねえ」と言われた。粘つくような声だった。「お互いなにも知らない子供じゃないんだから、もっと柔軟になりましょうよ」と笑い声が降ってくる。首に鳥肌をたてながら「今日はありがとうございました」と笑顔を張りつけたまま頭を下げた。

そんな二人を経ての三人目だったので、無口なのはそこまで悪い印象ではなかった。期待を押しつけてきたり、自分語りを延々と聞かされたりするよりはいい。必要以上に言葉を発しないということは、減点も少なくなるということだ。

そこまで考えて違和感を覚える。自分と合った人に出会うための場のはずなのに、少しでもましな人を探そうとしている。そして、減点ばかりに目がいくということは、こちらも品定めをしているということだ。

申し訳ないような気分になって、もうちょっと質問をしてみようと思った。

「応援している球団もお父様と一緒なんですか？　といっても、私はまったく詳しくないのですけど」

愛想笑いをしながら言った。三人目の男性はコーヒーカップをソーサーに置くと、「でしょうね」と表情を変えずに言った。え、と思う。顔をまじまじと見たが、やはり目を合わせてはこない。そのまま沈黙が続く。

こちらから話題を振るのはこれで最後にしようと決めて、「お仕事、研究職とありましたが、どんなことをされているんですか？」となんとか笑みを崩さず訊いた。

「専門的なことなので話してもつまらないと思いますよ」

言下に返ってきた答えを聞いて、最初の人と対面したときから感じていた居心地の悪さの正体がわかった。

誰も対等なパートナーを探すつもりがない。皆、自分より下の人間への対応だ。

彼らはそういう人とのほうが居心地が良いのだろうか。それとも、私はなにかを試されていたのか。

痺《しび》れるような徒労感が全身を包み、気づくとソファの背もたれに体を預けていた。三人目の男性はコーヒーを口にふくんでは、指を組み、長考するようにじっとローテーブルの中心を見つめている。

ホテルロビーの高い天井に響く人の声や食器の音。揺らめくようなざわめきに意識が溶けていく。目の前の男性が景色の一部になり、私はぼんやりしたまま時間が過ぎるのを待った。

約束の時間ぴったりに「では、そろそろ」と男性が顔をあげた。「ああ、はい」と私も手に持っていたティーカップを置いた。ハンドバッグに手を伸ばし、女性は払わなくて良かったことを思いだす。これを不公平と感じる男性もいるのだろうか。

ぽろりと言葉がもれた。

「どうして婚活をされているんですか？」

「どうしてって……」と伝票を手にした男性は口ごもった。数秒考えたのち、立ちあがる。

「違う世代の人間は結婚していないと一人前だとも幸せだとも思ってくれないからですね」古文の教師のようにたんたんと言った。

「親御さんの勧めですか」

「まあ、そうですね」

ササキユキコのことが頭をよぎった。夢を叶えて、才能で生きていたのに、ひとりで死んだだけで、まるで不幸な人生だったように扱われていた同級生。「孤独死なんてさせるために産んだんじゃないんだからね」と言った母の声がよみがえる。

「そうですか」とつぶやく。

男性は私より頭ひとつ分、背が高かった。私を見下ろし、「桐原さんは」と今日初めての質問をした。私の名前を認識していたのだな、と思った。

「いろんな人の価値観を知りたかったからかもしれません」

嫌な顔をされるかと思ったが、男性は抑揚のない声で「そうですか」と言うと、深々と頭を下げて「今日はありがとうございました」と言った。

ホテルのエントランスを出てからスマートフォンを見ると、香織さんからメッセージがきていた。近くにいるというので、駅のそばのカフェで落ち合った。

奥の席でひらひらと手を振る香織さんは、淡い色のワンピースにノーカラージャケットという私とそっくりの格好をしていて、同じテーブルにつくのが少し気恥ずかしかった。

「どうでしたあ?」と身を乗りだしてくる。

「三人、会ったんですけど……」

「最初から飛ばしますね。もうお茶飲みたくないでしょう」

「ほんとに」と、げんなりした顔を作ってメニューを開く。

「ジンジャーミルク、胃腸が温まっていいですよ。ホテルのラウンジ、冷えますよね」

言われて手足が冷たいことに気づく。まだ冷房の入っていない季節だというのに。香織さんはレモンの輪切りが浮かぶアイスティーをストローでくるくると混ぜている。似たような服装だと思ったが、近くで見ると肌のみずみずしさや髪のつやがまったく違い、年齢の差を感じた。香織さんのネイルは透明感のある薄いピンクだった。美容に興味のない男性だったら健康的な血色だと思うことだろう。ベージュの自分の爪がのったりと重く見えた。

私が複数の男性と会っているように、男性も複数の女性と会っている。比べられている、と思うと恥ずかしくなった。プロフィール写真を撮ったときの私のメイクを見て笑った早希を思いだし、次回からは自分に馴染んだ服装やメイクで行こうと誓った。

香織さんはランチとお茶を一件ずつしてきたと言った。ランチをした医師は食べ物の好き嫌いが多そうだったが、お茶をした税理士は穏やかで真面目そうな人だったらしい。

「次も会えたらいいなあ」と頬杖をつき、ぱっと私に視線を戻した。「はい、わたしの報告は以上。桐原さんの番ねー」と弾んだ声で言う。表情が豊かで、楽しそうに喋る。じっと見つめると、「なんですかー」と首を傾げられた。

「お見合いのときもそんな風に喋るんですか？」

「えーどんな風？」と甘い声で笑う。

「なんか楽しそうに」

「あーそうですね。オーバーリアクションして、なんでもないことでも笑って、明るくしてるかな。多少、バカな子って思われてもいいんですよ。そのほうが男は安心するから」

「見くびられません？」

「見くびらせとけばいいんです。わたし、婚活やってて気づいたんですけど、男はとにかく女に傷つけられたくないんですよ」

運ばれてきたジンジャーミルクに角砂糖をひとつ入れる。

「傷つけられる？」

「そうです。桐原さんが想像もつかないようなことで傷つくんですよ。女が自分よりいい大学を出ていたり、背が高かったり、今時のお洒落をしていたりするだけで傷つく男がいっぱいいるんです。だから、ちょっと下に見せておくんですよ」

「え、でもそれって」

ジンジャーミルクをひとくち飲む。喉から胃に熱い液体が落ちていく。少し、甘すぎる。

「対等じゃなくないですか」

香織さんの目がわずかに細められた。ふふっと口元だけで笑う。

「対等な関係なんて滅多にないじゃないですか」

「友情とか」

「わたしたちが作りたいのは家族ですよ。桐原さんのご家庭はみんな平等でした？」

家事は一切せず、ときおり工具を持ちだすだけの父親の姿がよぎる。そんな父親をたてつつ、私や姉には愚痴ばかり言う母親。恋愛なんて家庭の外でしたらいいと森崎に腹をたてた姉。私と森崎はどうだっただろう。対等だったと思っていた。けれど、私たちは別れて、家族ではなくなってしまった。

返事に窮していると、「はいはい、桐原さんの報告！」と話を変えられてしまった。なるべく感情を込めずに男性たちとのやりとりを伝える。二人目の男性の話で、香織さんが首を横に振った。

「それ、駄目。会に通報しましょう」

「通報？」

「絶対にみんなにしてるから。結婚相手を探しにきてるんじゃないんですよ、そいつ。遊び目的で参加されたら迷惑です」

香織さんの顔から完全に笑顔が消えていた。

「念のため、名前とか教えてもらってもいいですか。わたしに申込みがきたら即、断ります。時間の無駄なので」

気圧されたようにプロフィールを見せてしまう。香織さんはスマートフォンで写真を撮ると、ため息をついた。

「こういう奴、ほんとうざい。災難でしたね」

同意を求められて、後ろめたくなる。私はどうしても結婚をしたくて登録しているわけではない。そういう人間は香織さんのような人からしたら「時間の無駄」になってしまうのだ。

「一人目の、女性を労働力としてしか見ていない人はいいの?」

ふと疑問に思い問うと、えーと目を丸くされた。

「だってそれは結婚後の話ですよね。互いの条件が合えばギブアンドテイクで成立じゃないですか。でも、二人目の男性はする気もない結婚をちらつかせて、あわよくば性的関係を結ぼうとしていますよね。そんなの詐欺ですよ。ただの搾取でしかない」

一気に言うと、にっこりと笑った。

「気をつけたほうがいいですよ」

結婚に平等は求めないけれど、ギブアンドテイクの関係でなくては憤るのかと、眩暈《めまい》にも似た混乱に襲われた。

「一応、連絡しておきますね」と言いながら、よくわからないと思った。香織さんはにこにことアイスティーを飲み干し、「また報告会やりましょう」と去っていった。

よくわからないことは続いた。どの「お見合い」もうまくいかなかったと思っていたのに、三人目の男性から二回目の希望がきたとマリッジコンサルタントの間宮さんから連絡がきた。ほとんど会話もしなかったんですけど、と戸惑うと、間宮さんは「シャイな方が多いですから。桐原さんの内面からにじみでる人柄をお気に召していただいたんですよ」と流れるように言った。

「間を空けず、お会いになると良いと思います。他のお申込みもきていますので、同時に進めていきましょう!」

はきはきと言われ、「はあ」と呑み込まれるように返事をし、慌てて「間宮さん！」と電話口で声をあげた。

「同時って、それはいいんですか？　次に会う約束の人がいるのに？」

「もちろんです」

「え、でも……」

「まだ誰とも本交際をされていないのですから、その間は何人の方とお見合いをしてもルール違反にはなりません。みなさん、そうされていますしね。条件は同じです。ですから、良いと感じた方とは早く本交際に進むことをお勧めします」

「他の人に取られる前に、ということですか」

間宮さんは少し間を空けてから「まあ、そうですね」と言った。「男性の前であまり露骨な言い方はされないほうがいいとは思いますが」

「まるで椅子取りゲームですね」

ほがらかな笑い声が聞こえ、「椅子もじっとしているわけじゃないですからね」と釘を刺された。


屈むようにして玄関に入ってきた由井くんはもうスプリングコートを着ていなかった。オーバーサイズのくしゃっとしたグレーの上着がよく似合っていたのにな、と思う。ノーカラーシャツ一枚の由井くんは軽やかで、前よりも若々しく見えた。

「手土産です」と缶ビールの入ったビニール袋を渡してくる。

「今日は鍋貼《ゴーティエ》だからちょうどいいね」

「なんですか、それ。焼き餃子って言ってませんでした？」

「中国では餃子は茹でたもののことを指すから、焼き餃子はないんだよね。日本の焼き餃子に近いものだと鍋貼になるの」

由井くんは黙って頷いている。慣れた動きで洗面所に入り、手を洗うと台所に並んだ。粉に熱湯を注ぎ、こねて、濡れ布巾をかけて休ませる間に、豚肉を刻んで餡を作る。ずいぶんと手際が良くなった。「練習してた？」と問うと、「しばらくあいたので忘れないように」と整った横顔が答えた。

「まりえさん、忙しかったんですか？」

「うん、まあ」

なんとなく婚活をはじめたことは言えなかった。黙々と手を動かし、休ませた生地をこねてなめらかにする。

「あ」と由井くんが横を離れる。ぽっかりと大きな空間が空く。

リュックのジッパーが開く音がして、「これ、買ったんですよ」と麺棒を手に由井くんが戻ってきた。

「お、マイ麺棒」

「はい、そうです」とめずらしく鼻の頭をこすりながら笑っている。素直に可愛いな、と思えた。親愛の情ってこういうところから生まれるのだと思う。小綺麗なラウンジで膝を突き合わせて質問をし合っても、見えてくるものは限られているのではないだろうか。

「まりえさん、手が止まってる」

「ごめん」と、慌てて生地に向きなおる。二十センチの棒状の生地を四本作り、十個に切り分ける。それを掌大に丸くのばしていく。

「四十個もできるけど食べられる?」と訊くと、「余裕」と返ってくる。この返事が好きだ。食べる姿も好ましいと思える。この感情はなにからくるものなのか、どこかで考えないようにしながら眺めていたけれど、ひさびさに実物を前にすると鼓動がかすかに速くなった。

「お見合い」では私より年下の男性にはまだ会ったことがなかった。申込みがこないのか、結婚相談所側がアレンジしないようにしているのか。私自身は年齢制限をもうけてはいなかったので、単に私に年下男性からの需要がないのかもしれない。

　由井くんを横目で見て、まあそうだよなあ、と納得する。窓から差し込む陽光が銀色の髪を白く輝かせている。若い人は男性も女性も、透明な膜が張っているように光を放っている。特に日がどんどん長くなっていくこんな季節は。由井くんは何度もうちにきているが、色めいたことをしてくる気配がない。「お見合い」で会う男性が向けてくるような値踏みの視線で私を見ない。たまに「かわいいですね」とからかうくらいで、触れてくることもない。小麦粉料理をしているときは真剣に手元に集中して、食べて他愛ない話をして帰っていく。

丸くのばした薄い生地の真ん中に、肉の餡をちょんと置く。「しっかり閉じなくていいから」と指先で生地を一点、摘まむようにして包む。油をひいた鉄のフライパンに並べて強火で焼く。じゅうじゅうという音と共に肉汁が焦げる匂いが部屋中にひろがり、「腹へってきました」と由井くんがコンロのまわりをうろうろする。私は冷蔵庫から冷やしておいたグラスと、セロリと搾菜《ザーサイ》の和え物を取りだした。「熱々が美味しいよ」とビールのプルタブをひく。「焼けたそばから食べていこう」味が濃く、焦げめを作る楽しさのある鍋貼は昼飲みにぴったりだ。ひさびさに会う日はこういうイベントっぽい料理にして良かったと思った。

しかし、ここのところ自炊が減っていたせいか、ミスをしてしまった。鉄のフライパンの予熱が充分ではなかったのだ。おかげで、皮が張りつき、うまく剝がれず、フライ返しでごしごし擦った結果、肉と皮に分かれた無残な料理ができてしまった。二回目からはうまくいったが、そこそこ落ち込んだ。由井くんはぐちゃぐちゃになった鍋貼を「これはこれでうまいですよ」と涼しい顔でぜんぶ平らげてくれた。

四十個の鍋貼を瞬く間に胃に収め、酔いもまわってくると満腹の緩慢な空気が流れた。ぼんやりと外を眺める。さきほどまで差し込んでいた日光は、高層ビル群にかかった灰色の雲に遮られていた。

「雨、降りそうだね」

「梅雨入りしたっぽいですからね」

ビールをすすりながら他愛ないことをだらだらと喋る。

「傘、持ってきた？」

「忘れました」

「早めに帰ったほうがいいんじゃない」と言うと、「そうですねえ」と椅子にもたれていた体を起こした。

いつもと同じだ。食べて満足したら帰っていく。

この関係はなんだろう、と思う。訊いたら壊れてしまう気がする。香織さんだったら「時間の無駄」と一刀両断するのかもしれない。違う世界なのだ。ここことあちらは。マッチングアプリや結婚相談所で出会う人には目的がある。だから、手っ取り早く話も進むし、条件が合わなければすぐ次にいくことができる。でも、出会いの場で出会ったわけではない関係性は、先に進みたければ壊れるのを覚悟して確認しなくてはいけない。

億劫だと感じた。駆け引きも、探り合いも、ひたすら億劫で、勘違いをしていたら恥ずかしい。だったら、このままでいい。居心地は悪くないのだから。

なのに、皿を片付けようとした由井くんに向かってつぶやいていた。

「由井くんはさ、なにを求めてここにきているの？」

口にだして、はっと我に返る。

「あ、小麦粉料理を習いにきてるんだったよね。ごめん、酔ってぼうっとしちゃって」

急いでごまかそうとしたが、由井くんは眉間に皺を寄せて私を見ていた。

「なにって……なにかを求めて人といるわけじゃないですよ」

瞬間、違う、と思った。そうじゃない。欲しいのはそういう答えじゃない。

顔にでた気がした。

「由井くんはそういう人だよね」

目を逸らして流しにたった。蛇口を勢いよくひねり、缶ビールの中を洗う。水を止めたのを見計らうように「あえて言うなら」と由井くんの静かな声がした。

「落ち着きます。まりえさんといると、まりえさんの声を聞くと、落ち着きます」

落ち着く。頭の中でその言葉を転がす。姉みたいな存在、ということだろうか。母親ではないことを祈りたい。これは自分の欲しかった答えなのか。そもそも自分はなんと言って欲しかったのか。

わからない。わかりたくない、と思った。ただ、小さな失望めいたものは否応なく胸にひろがっていた。それはかすかな苦みを伴っていた。よく知っている、忌避すべき苦みだった。

「ありがとう」と、つとめて明るい声をだした。「私も由井くんといると落ち着くよ。なんかおじいちゃんぽくて」

「なんですか、それ」と由井くんが笑った。「髪の色のせいですか」

「違うよ」と私も笑う。

「あ、ほんとに降ってきそうだよ。片付けはやっておくし帰りなよ」と急かすと、由井くんは「いつもすみません」とリュックを肩にかけた。

スニーカーを履きながら「今度うち、きます？」と背中で言う。

「マイ麺棒、持っていくよ」と答えると、はは、と乾いた笑いが返ってきた。「じゃあ」と立ちあがる。

玄関の扉が閉まる。急に部屋が広くなる。物静かな子のはずなのに、いなくなると耳が詰まったように無音が押し寄せる。ああ、と気づく。誰かがいなくなる、この抜け落ちたような空白が嫌だったのだ。

息を吐き、テーブルを片付けだすと、にわかに部屋が鼠色になり、窓ガラスが雨粒でぽつぽつと鳴りだした。

「雨」とひとりきりの部屋で声がもれた。反射的に靴箱の中の折りたたみ傘を摑んでいた。

そのまま、フラットシューズをひっかけてマンションを出た。

折りたたみ傘をひらきながら走った。駅までの道は大通り沿いをまっすぐだった。一本道なので迷いはしないが、八分くらいはかかる。途中のコンビニで傘を買っていたら間抜けだなと思いながら駆けた。はあはあともれる息はビールと挽き肉の匂いがした。

追いつけるだろうか。そのとき、ふと古文の女を思いだした。男を追って走った女は楽しかったかもしれない。自分からなにかを求めたことが。衝動に身をまかせたことが。その先に待っていたのが別れと死だったとしても、あの瞬間、女は自分で選んで生きていた。

細長い影が、視界の端をよぎり、足を止めた。通りを少し逸れたところに由井くんがいた。空き地の前で佇んでいる。

息を整え、濡れていく地面を踏みしめるようにして近づいた。

「由井くん、濡れるよ」と傘を差しかけると、わずかに肩が動いた。

「びっくりしました」

「濡れるよ」ともう一度言う。「なにしてるの」

「紫陽花が綺麗だったので」

静かな声が返ってくる。銀髪から水滴がしたたり、シャツも肩の辺りが黒く染まっている。目線の先を見ると、空き地に紫陽花の茂みがあった。葉は濃い緑色をして盛りあがるように繁り、大ぶりの紫陽花は青に近い紫色をしていた。雨でつやつやと潤っている。

「通勤で通るのにまったく気がつかなかった」

「おれ、好きなんですよ、青の紫陽花。なんか落ち着く」

「そうなんだ」

「うちのマンションにも咲いていて、見かけるたびにまりえさんと見たいなって思ってたんです。でも最近、会えなかったし、迷惑なのかなって思っていました。追いかけてきてくれて嬉しかったです」

傘の下で目が合った。「あれ」と由井くんが変な声をだす。

「傘、一本じゃないですか。どうするんです」

「あ」

「まりえさんて」と由井くんがふっと笑う。

「しっかりして見えるのに、ときどき抜けてますよね」

恥ずかしくなって「私、すぐ家だし持っていっていいよ」と傘を押しつけると、ぐいっと肩を引き寄せられた。

「濡れますよ」

耳元で声が響く。濡れているのに、由井くんの手はとても熱かった。

「まりえさんちに戻っていいですか」

雨と植物の濃い香りがした。抱き締められて、それが由井くんのにおいだと知った。まぶたの裏に青い小さな花が散って、息をするように頷いていた。

ポリープ

桃モッツァレラ

雨の蜜月

料理とセックスは似ている、と早希に話したことがあった。

日常的にしていないと、仕方を忘れる。

もう随分と前のことだ。二十代も後半に差しかかり、とはいえ、まだ社会にでて十年も経っていないというのに、仕事も恋愛も大人としてのふるまいもわかったような気になっていた頃。

早希はほとんど学生結婚のようなかたちで入籍した一人目の夫と別れ、不倫に疲弊しては仕事に没頭し、仕事に燃え尽きたらまた不倫に溺れるということを繰り返していた。私は森崎と出会う前で、ちょうど恋人が途絶え、なんとなく気になる人はいるけれどこちらから積極的に関係を進展させる気にもなれないという時期だった。「一回してみて決めたらいいじゃない」という早希に「料理とセックスは似ていると思う」と返し、パスタの話をした。

「この間、ひさびさにパスタを作ったらぜんぜんうまくいかなくて。パスタなんて冷蔵庫の余りものでそこそこの味になるはずなのに。茹であがったパスタをソースに絡ませるときに茹で汁を少し入れるとか、皿を温めておくとか、そういうちょっとしたことを忘れてたんだよね。段取りも悪かったたし。大学のときはバイト先のカフェで腕がつるくらい作っていたのに」

「まりえのトマトクリームパスタは美味しかったよねえ。九条葱の和風パスタも。あそこ、まかないもパスタだったたんだっけ？」

その場にいたもうひとりの大学時代の友人が言った。

「そうそう、毎日パスタ、パスタ、パスタ。連続でシフト入っているときはきつかったな。もう一生分食べたと思っていたけど、ふいに食べたくなって」

「パスタとセックスは違うでしょ」と早希がフォークをぶんぶんと振る。

「いや、似てるって。料理だと忘れるのは手順だけど、セックスだと間合いとかかな。今しても、うまく間合いが取れなくなってそう。間が空くと億劫になる感じも似てる」

「間合いって。空手とか剣道じゃないんだから。試合なの、セックスは」と、早希は酔った顔でげらげら笑った。

そのとき、もうひとりの子が頬杖をつきながら「あたしは音楽かな」とつぶやいた。

「あんま料理しないしさ。楽器は確かに長く触っていないと忘れるかもって怖くなる。してるとき、音楽みたいだなって思うことあるよ」

その子は大学時代からずっとバンドをやっていた。メンバーの中に恋人もいた。会社員になった私と早希と違い、就職をせず派遣やアルバイトで暮らす彼女とは、少しずつ金銭感覚や遊び方が合わなくなってきていた。

私にとって料理もセックスも感覚を忘れると怖くなるほどのものではなかった。だから、なんと言っていいかわからずにいると、彼女は私を見て「だいじょうぶだよ」とゆっくり笑んだ。「体はあんがい覚えているもんだから」

「そうかなあ、なんかもういいやって感じもするんだよね」

「一生分食べたと思っていたパスタをまた作りたくなるように、セックスもふっとしたくなるもんだと思うけどな。するのは、したくなったときでいいんじゃない」

「あーでも、ブランクが長いと処女膜って復活するんだっけ」と早希が言い、うそ何年で？　一年らしいよ、やばいやばい、それは都市伝説だよ、海外ドラマで言ってたんだって、ていうか処女膜って言葉がもうおっさん、と盛りあがって私の話はうやむやになった。

その子とは疎遠になったきり、連絡も途絶えた。三人で集まったのはあの日が最後だった気がする。数年後、実家で農業を手伝っているのをSNSで見たと早希が言っていた。まだ音楽をやっているのかな、と独りごちると、「いや、ないでしょ」と早希は笑った。


そんなことを、由井くんに手をひかれながら思いだした。雨に濡れる紫陽花の、青紫と濃い緑を背後に感じながら。並んで歩いているのに、手を繋いで、ではなく、ひかれて、と感じるのは臆していているからだろうな、とうっすら思う。

差しかけた傘は取られて、由井くんの繋いでいないほうの手にある。私にばかり傘を差しかけるので、そっちの肩がどんどん濡れてシャツが黒ずんでいく。

このまま部屋に戻ったらセックスをするのだろうか。キスくらいで済ませられないかな。でも、ぜんぶ自分の勘違いで、親愛の情みたいなもので手を握られているのだとしたら恥ずかしい。

由井くんの横顔は静かだ。マスクをしているせいで余計に表情がないように見える。銀色の髪から首筋に落ちた雨粒が、なめらかな皮膚にはじかれてつたい、服の中へ消えていく。濡れたシャツが張りついて体の輪郭が浮きあがる。すんなりと細いのに、林くんほどではないが張りのある筋肉が見てとれる。もちろん、森崎のように腹がでてはいない。灰色の空気の中、きれいなものとしての若い体が、淡い光を放っていた。やっぱり、そこに自分の体が関与することが想像できなかった。こうやって眺めるだけで充分なのに。

そもそも、一体どれくらいセックスをしていないだろう。三十代のほとんどを森崎と過ごしていたから、もう十年近く恋愛をしていない。七年半の結婚生活の間、最初こそは体の関係があったが、いつの間にか日常から性のにおいは消え、森崎の体は安心できる体温と重みでしかなくなった。離婚を切りだされてからは触れることもなくなったので、もう二年以上こんなことをしていない。いや、もっと前からだ。

結婚相談所の「お見合い」のせいで、最近は異性の目を意識するようになっていたし、今日は普段着とはいえ、肌も髪も爪先も整っている。しかし、下着は手抜きで、体にはあちこち油断の贅肉がついている。「お見合い」で異性と会おうが、服を脱ぐところまでは進展することはないと高をくくっていたからだ。しまった、と思う。なにが起きるかわからないのが恋愛だった。

「まりえさん」と由井くんの声がした。「なにを考えてるんですか」

覗き込まれて我に返り、思わず「計算していた」と言ってしまう。

「計算？」と目が細められる。

「手を繋ぐの、どれくらいぶりかなって」

小さな嘘をつく。由井くんは柔らかい声で、はは、と笑うと、恥ずかしそうに「おれもです」と呟いた。どちらも具体的な数字は訊かなかった。

鼠色に沈んだ部屋はまだ鍋貼の匂いがして、テーブルの上には皿やビールの空き缶が散乱していた。

「あ、ごめん。片付けしてなくて」

アルコールと油の臭いが鼻につき、電気のスイッチよりもルームスプレーに手が伸びた。ふいに背後から抱き締められる。紫陽花の前でのそれより強い力だった。由井くんの濡れた髪が首筋に触れてびくっと肩がはねた。そのまま腕をふりほどく。

「駄目、ですか」

「や、濡れてるしタオルを」

「大丈夫です」

引き寄せられ、キスされた。唇をひらかずにいると、包み込むように抱かれた。広い胸に視界がすっぽりと覆われる。熱い体。血が健やかに流れる音が伝わってくる。思っていたよりも速い鼓動が自分のせいかと思うとじわりと嬉しさが込みあげた。

推しについて語った観月台先輩の「彗星みたいな出会い」という言葉を思いだす。「恋といってもいい」とも言っていた。そんな鮮烈な出会いは私の人生にはなかったし、恋なんてもうおとずれないと思っていた。

由井くんが低い声で言う。

「おれのこと嫌いですか」

その聞き方はずるい。嫌いだったら最初から家にあげないし、料理を教えるはずもない。嫌いと好きの間にはもっとグラデーションがあるし、こっちは気持ちやその場の昂ぶりだけでやすやすと服を脱げる歳ではないのだ。

「嫌い、じゃないよ。でも、好きかと言われるとわからない。考えたことなかったから。年下の子をそういう目で見ちゃいけないと思っているし」

由井くんは「子」と繰り返すと、わずかに体を離した。私を見つめる。「おれは大人ですし、ここは会社じゃないですよ」

「あと」

「あと、なんです」

「離婚したばかりだし」

「それはおれには関係ありません」と由井くんは薄く笑って目を細めた。

「まだなにかありますか?」

これではまるで私が駄々っ子のようで悔しくなる。

「なんか意地悪じゃない?」

「まりえさんがじたばたするから」

また笑われて、「だってまだ気持ちがついていかないし」と顔をそむけてしまう。けれど、もう腕をふりほどけない。由井くんの熱い肌と息づかいに、体がゆっくりと呑まれていく。

「いいですよ、おれは好きですから」

そう言われて体の奥がきゅうっとした。キスをしながらもつれるようにしてベッドまでいって、ふっと浮いたような心地がしたと思ったら、ひんやりしたシーツに押し倒されていた。

もやがかかっていく頭の中に、いつぞやの友人の言葉がよみがえる。確かに、体は覚えていた。濡れた服を脱ぎ、脱がせて、肌をこすり合わせ、相手の動きに応える。懐かしい感覚に流されながら、音楽はこんな風に奏でるのだろうかと思った。


浅い眠りから覚めると、部屋は藍色に沈んでいた。雨が建物を打つ音が控えめに響いていて、行き交う車の騒音を遠ざけている。嵐の日の、海の中のよう。

すう、と息を吸い込むと、雨にけぶる森のような香りがした。指先がすべすべとした肌に触れる。ちょっとぱさついた銀髪。その下のまぶたがゆっくりとひらく。

「すこし、眠っていました」

寝ぼけた声が幼い。クールな顔とのギャップが可愛いなと思う。

「私も。由井くんのこれ、新しい香水？　いい匂いだね」

「おれもまりえさんの香り、好きですよ。朝の白い薔薇みたいで。体温が低いからかな、この距離でやっと嗅げた」

裸の胸元に顔を寄せてくる。毛布を引き寄せると、「いまさら」と笑われる。「なんか思ってたより初々しいですね」

「四十を手前にして、一周まわって照れくさくなったのかも」

「かわいいですね」

君はまだ余裕をかませる歳だよね、と思ったが言わなかった。由井くんはちょっと身を起こして、居間と寝室を仕切るアンティークの衝立を見た。

「この向こうにいけたらいいなと思ってたんですよ」

「どうだった？」

「こっちも景色がいいですね」

「ビルから朝日が昇るよ」

「いや、この景色」と毛布を剝ぎ取られる。「ちょっと！」と笑いながら裸でもみあい、すぐに組み敷かれる。

「泊まっていっていいですか?」

頬に鼻をこすりつけて「いいよ」と笑う。

「明日はなにか用事ありますか?」

ジムに行こうと思っていたが「ないよ」と答える。

「じゃあ、もう一回いいですか?」

若いね、という言葉を呑み込んで、首に腕をまわした。雨音の中、また抱き合った。今度はゆるゆると水にただようように繋がって、深い快感に沈んだ。

次の日も一日中、雨だった。由井くんは朝から晩までうちにいて、ほとんどの時間をベッドで過ごした。

私がリモートワークの日は、由井くんもパソコンを持ってやってくるようになった。コロナ禍以降、彼の職種は打ち合わせもほぼオンラインになったそうだ。雨の通勤電車が苦手なので、私も在宅の日が増えた。仕事の合間に抱き合っては「リモートだと絶対こんなことしているやついるんだろうなって思ってた」と由井くんと笑った。

いつの間にか敬語はなくなっていたけれど、「まりえさん」と名前を呼び捨てにしないのが由井くんらしくて好ましかった。手土産がビールから花や果物になって、小麦粉料理を作ることが減って外で食事をするようになった。

触れ合って、一緒に眠り、他愛ない言葉を交わす。予期しないかたちでおとずれた、自分以外の人間がいる日常が新鮮だった。

マリッジコンサルタントの間宮さんからは、感心するくらいよどみなく男性のプロフィールが送られてきていた。返信をせずにいると電話がかかってくる。

「お申込みのあった方から選別させていただきましたが、いかがでしたでしょうか」と毎回同じ調子で言う。「そうですね、いまいちぴんとこなくて……」と濁すと「登録したてが一番お申込みが多いのでチャンスなんですよ。どの辺がひっかかっておられますか。条件を絞ってみることもひとつの手ではありますよ」と詰め寄られる。

プロフィールに書かれている学歴も職歴も収入も不満はないのだ。むしろ、大層なものばかりだ。趣味は合ってても合わなくてもどちらでもいい。家族構成も気にならない。結局、私が結婚相手に求めるものはプロフィールには書かれていない。であれば、「お見合い」を申し込んでくれた人に片っ端から会ってみるべきなのはわかってはいるのだが、休みの日や平日の晩は由井くんと過ごすことが増えてしまったし、彼との約束がない日はジムやマッサージに行って少しでも年齢の差を感じさせない体を作りたかった。

それでも、二回目の「お見合い」を申し込んでくれた男性とは梅雨の間に一度会った。数日ぶりに晴れ間がのぞいた休日で、指定された一軒家のフレンチレストランの窓の外には終わりかけの薔薇がぽつぽつと咲いていていた。

「先日は失礼しました」と男性は前回と同じ無表情で言った。服装はいくぶんカジュアルになっていた。飲み物の注文を取りにきた初老の給仕に炭酸水を頼み、「まだ昼なので」

と言い訳をするように私を見た。

「本田《ほんだ》さん」と確認を込めて名を呼ぶ。「明るいうちに飲めるのって休みの日の特権じゃないですか?」と言うと、「なるほど」と呟いたが注文を変える気はなさそうだったので、私はシャンパンをグラスで頼んだ。

給仕がいなくなると、本田さんは「初対面の女性に質問することは失礼なのかと思っていたんです」と指を組んだ。「なので、どうも円滑なコミュニケーションが取れずにいました。また会ってくださってありがとうございます」

前回の「お見合い」が終始無言だった理由がわかった。しかし、どちらかというと相手が振る話題を膨らませないことのほうが問題な気がしたが黙っていた。

「本田さんはどうなんです?」

「どうとは」

「質問されるのは苦手ですか?　不快に感じます?」

「いえ、疑問に思われることは訊いてもらったほうがいいですね」

「相手も同じだと思いますよ。きっと、これはそういう場でしょうし」

つい「お見合い」という単語をぼかしてしまう。「なるほど」と本田さんはまた言った。

「でも……」と、しばし口をつぐむ。その間に飲み物が運ばれてきた。

「桐原さんが最後にしてきた質問は初めてで、驚きました」

「気分を害しましたか?」

本田さんはまた黙った。今度は長かった。待つのに飽きてメニューをもらおうと店内を見まわすと、「コースをお願いしています」と本田さんがようやく口をひらいた。

「そうなんですか」

せめてメニューを見たかったし、あらかじめコースを頼むなら苦手食材がないか確認して欲しかった。残念そうな気配が伝わったのか「コースのほうが効率的かと思いました」と済まなそうに言った。悪い人ではないのだ。それに、確かに「お見合い」は食事を楽しむための場ではない。

数日前に由井くんと古い洋食屋へ行って、サラダとカニクリームコロッケのあとにオムライスとナポリタンを頼んだことを思いだした。どちらも好きなのだけど、炭水化物をふたつ頼めることなんてそうそうなく、「余裕」ときれいに平らげていく由井くんを眺めてはしゃいでいた。彼との食事は鮮やかで生き生きしている。

せっかく食事をするのなら楽しいほうがいい。「本田さん」と顔をあげる。

「次回は一緒に決めませんか」

こういうことを言ったら次回はないだろうな、と思いながら言ったが、本田さんは生真面目な顔で「次回も会ってくださるんですね。わかりました、そうしましょう」と頷いた。間をあけず「そうだ、違います」ときっぱりした口調で言う。

「はい?」

「さきほどの質問についてのことです。僕は桐原さんの質問に驚いたわけではなく、自分の答えに驚いたんです。そんな風に考えていたのかと」

続きがあるかと思ったが、本田さんは「乾杯しましょうか」とグラスを持ちあげた。上品に盛られたグリーンアスパラの冷菜がそれぞれの皿に置かれて、なにに対してかわからない乾杯をした。

「まあまあいいんじゃないですか。誠実そうですし。無駄に喋らない人って貴重ですよ」

ランチのあとに会った香織さんは微笑みながら言った。「でも、悪意のない人ってわたしはちょっと苦手かな」と首を傾げる。食事の間にまた空が曇り、薄灰色のヴェールがかかったような空気の中、オレンジ色のカーディガンに白いワンピース姿の香織さんはひときわ華やかで若々しく見えた。服装を褒めるとにっこりと笑った。

「こういうどんよりした天気が続くときは元気がでる色ではっとさせなきゃ」

アイメイクとチークにもオレンジ色が使われていて健康的だ。パンプスも白で、確かに梅雨時の白い足元は目をひいた。

「香織さんはどうして結婚相談所に登録しているんですか？　もてそうなのに」

きょとんとした顔の香織さんと目が合い、こういうことを異性に言われたら嫌だなと思う。同性だからって言うべきじゃなかった。

「ごめんなさい。いろんな事情がありますよね、忘れてください」

慌てて言うと、香織さんはくすっと笑った。「桐原さん」とレモンの浮いた紅茶をひとくち飲む。

「恋愛で需要のない人ばかりが結婚相談所に登録しているわけじゃないんですよ」

「そうですよね」

「結婚したい人が登録するんです。恋愛だと効率が悪いから」

効率。コース料理を選んだ本田さんも効率的だからと言っていた。

「わかります?」

香織さんが甘い声で言い、長い睫毛で縁どられた目でじっと私を見た。

言葉ではわかるのに、実感としてはわからない。そして、わかっていないことを見抜かれている気がして居心地が悪くなった。

なんとなく、香織さんに由井くんのことは話せなかった。恋人ができたら退会するべきなのか、意見をもらいたくて会ったのに。

彼女の報告を聞くと、早々に別れデパートへ向かった。下着売り場へ行き、数年ぶりにあちこちのサイズを測ってもらう。

香織さんがまとっていた華やかな色が目の裏に残っていたが、オレンジや赤にはちょっと気後れしてしまった。いくつか試着して、シナモンベージュに淡いピンクのレースがついたセットを選んだ。店員に「とてもロマンティックな色ですよ」と言われて気恥ずかしくなる。

化粧品の階で美容液やパックを吟味していると、由井くんから「スパークリング、持っていきますね」とメッセージがきた。「じゃあ、私はデパ地下でお惣菜を買って帰るね」

と打ちながら、今夜、新品の下着をつけるのが楽しみになった。

ただ、ひとつ懸念があった。

由井くんとのセックスで、ときどき出血することだった。大量ではない。行為のあと、シーツやティッシュに赤い血が滲んでいる。鮮血を水で薄めたようなきれいな色で、痛みもない。最初は、ほんとうに処女膜が復活したのかと仰天したが、何度かするうちに後ろから繋がったときに多いことがわかった。

ブランクが長かったせいで膣の伸縮性がなくなったのだろうか。更年期になると膣粘膜が萎縮して摩擦に耐えられなくなるという話を聞いたことがある。痛みを感じないだけで、体はセックスに適さないものになっているのでは、と考えると気が滅入った。

かかりつけの産婦人科に定期検査に行った際、意を決して相談してみた。

「性交痛はありますか」

医師はたんたんとした口調で訊いてきた。

「え」

「挿入時の痛みです」

「ありません。あの、ええと、後ろから挿入したときに出血するみたいなんです」

つられて、挿入なんていう単語を使ってしまい、おまけに間違えた。挿入されたとき、だ。でも、言いなおすのも恥ずかしい。挿入ってちょっと嫌な言葉だ。自分はされる側なのだと思わせられる。ふたりでしていることなのに。

「そうですか。とりあえず診てみましょうか」

こちらの逡巡《しゅんじゅん》を一刀両断するかのように医師は言い、初めて見る顔の看護師が奇妙に明るい声をあげた。「はい、じゃあ、こちらにお願いしまーす。下着を脱いでここに座ってくださいねー」といつもの機械へと誘導する。

ウィーンという音と共に脚があがり、股がひらかれ、剝きだしになった陰部に冷たいジェルが塗られる。器具が突っ込まれ、これこそが挿入だと思う。こちらの感情はお構いなしに迷いなく体の中に挿し込まれる行為。モノクロのモニターに私の膣内が映しだされた。

「内膜症のほうは大きくなっていませんね。大丈夫です。ひきつづき、経過観察していきましょう。出血のほうは、うーん、特に傷もできてないですね」

私の膣内を掻きまわしていた医師の手が止まる。

「あ、ポリープがありますね」

「ポリープ?」と腰が浮きそうになる。

「子宮口の辺りに、うん、ふたつできてますね。ポリープは毛細血管に覆われているからね、ちょっと触っただけでも出血するんですよ。恐らく、これが原因ですね。このまま取っちゃいましょう」

ちょっと待ってください、と股をひろげたまま、カーテンの向こうに届くように大きめの声をあげる。

「残しておいても大きくなるだけですから。痛みはほとんどないですよ。今日は少し出血するかもしれませんが。すぐ取れますから。はい、リラックスしてください」

え、え、と理解が追いつかないままにポリープは切除され、透明な容器の中でふわふわ浮くそれを別室で見せられた。白っぽい塊は血の糸を揺らめかせてそよぎ、元気のない金魚みたいだった。

「念のため、検査にだしますね。悪性だった場合のみ連絡します」と私の体の一部だったものはさっと取りあげられた。呆然としていると、医師は電子カルテを打ち込みながら「パートナーがいらっしゃるなら」と言った。またか、と我に返る。妊活を希望されるなら年齢的にも難しくなってきますので、パートナーの方とご相談してみてください。妊娠が難しい歳になるまで毎回言われるのかと思うとうんざりした。

知らない間にできていたポリープ。妊活しなくては宿らない命。私には見ることのできない女である内臓。そこに押しつけられる社会の価値観。この体はどこまで私の自由になるのだろう。ほんとうはなにひとつ自由ではないような気もした。


「彼氏、お手柄じゃない」

ポリープの話をするとマキさんは手を叩いて笑った。

「なにがですか」

「だって、その彼とセックスしなきゃ見つからなかったわけでしょ」

「別に由井くんだからってわけじゃないでしょう」

「へえ、由井くんっていうのね。いい男？　いいものをお持ちなのはわかったけれど」

「マキさん、品がないですよ」

わざとらしくまわりを見たが、地下のワインバーのカウンターには私とマキさんだけだった。

「でも、あんた人生に恋は必要ないみたいなこと、言ってたじゃない。彼が現れて、いやいや言うあんたを恋愛に引っ張り込まなきゃ、ポリープが大きくなって癌化していたかもしれないでしょう。運が良かったわよ」

「まあ、そうですね。ていうか、どこかで見ていたように言いますね」

「ほら、人生はわからないものでしょ。いいセックスのおかげで顔も体もいい感じに締まったじゃないの」

マキさんは赤い唇で得意げに笑った。そういうのセクハラですってば、と注意するが、まったく響いていない。由井くんと林くんはこの店に来たことはあるが、マスターはどっちの男性と訊くこともなくカウンターの中で音をたてずに作業をしていた。

彼を呼びなさいよ、としつこいマキさんに、今日は無理です、を繰り返していると、「もう梅雨も明けますかね」とマスターの声がして、涼しげなガラスの皿がおかれた。

「はしりの桃をいただいたので、モッツァレラと合わせてみました。めずらしく白ワインを飲まれているので、良ければ」

薄く切られた桃の果肉と白いモッツァレラチーズが数枚重なり、胡椒やオリーブオイルらしきものがかかっている。

「あ、桃モッツァレラ。食べてみたかったんですよね」

喜ぶ私をよそに、「えー、マスター」とマキさんが声をあげる。「あたし、こういう、おかずだかデザートだかわからないものって駄目なのよ」

「そうなんですか、じゃあ私がいただいていいですか」

マスターが下げてしまう前にマキさんの皿を自分のほうへ引き寄せる。「生ハムメロンとかも嫌ですか」と問うと、マキさんはむりむりと首を横に振った。ストールについたスパンコールが首の動きに合わせてきらきらと光る。

「意外に保守的なんですね」

「食に関してはそうかもしれないわね」

「お酒はなんでも飲むのに」

桃とモッツァレラチーズを一緒に口に入れる。塩気と桃の甘み、胡椒の刺激、まったりとこくのあるチーズを爽やかな酸味がまとめていた。桃のうっとりする香りが鼻に抜ける。可愛いのに大人な味だった。

「美味しい。この酸味はなんですか」

「ワインビネガーとレモンの搾り汁ですね。皮もすって少し散らしています。レモンは桃の甘さをひきたたせるんですよ。簡単ですので、これからの桃の時期にぜひやってみてください」とマスターは丁寧に作り方を教えてくれた。マキさんは興味なさそうに白ワインのグラスを空け、赤に変えた。

朝と昼と夜の境目が暑さで溶けた夏の盛りに、よく冷やしたひと切れを由井くんの口にすべり込ませたいと思った。どこか現実味のない、若い恋人との甘い時間にぴったりの食べものだ。スマートフォンで長野や山梨の農園の水蜜桃を検索していると、マキさんが「で、一緒に住むの？」と言った。

「誰とですか」

「そのポリープの彼よ」

「まさか」と笑う。

「でも、最近ずっとあんたといるんじゃないの」

「なんでわかるんですか」

「わかるわよ。ぜんぜんここにこなくなったじゃない」

いやいや、とワインを飲む。

「いまだけですよ。彼、七つも下なんですよ、バツイチの女なんてすぐに飽きるでしょう。一緒にいて楽しいけれど、正直、弟っぽくて、長い時間を一緒に歩んでいくっていう感じじゃないです」

ふうん、とマキさんはくるくるとグラスをまわした。横目で私を見て、「あんた、そういうとこあるよね」とぼそりと言った。自虐が過ぎたか、とぎくりとする。

「すぐ疑似家族を作ろうとするのよね」

「疑似家族、ですか」

「あたしのことも、母親だったら良かったのにとか言ってたわよね」

「それは……」

「家族の役割にあてはめるほうが繋がりを実感できる？　安心したい？」

「まさか」と思わず声が大きくなる。「うちの家族なんてかたちだけで、安心できるような繋がりなんてありませんでしたよ」

「だからじゃないの」

マキさんはいたって冷静だった。いつも通りのハスキーな声で、ワインを口に運びながら喋る。

「あんたはどっかで家族の幻想を捨てきれないのかもしれないわね。それか、あんがい家族という概念に縛られているのか」

「そんなことない、です」

言い返しつつも、目を逸らしてしまった。予想外のことを言われてうまく頭が働かない。

「知っている関係におきかえなくてもいいのよ。どんな人との関係も初めてのものなんだから。かたちなんてないの」

桃モッツァレラを食べられないマキさんが息を吐くように言った。ああ、そういう意味かと腑に落ちる。ざらざらと掠《かす》れているのに、言うことは極端なのに、どうしてこの人の声は深いところで優しいのだろう。

「マキさんって口で損してきませんでした？」

「余計なお世話よ」とぴしゃりと返ってくる。「でも、こう見えても、浮かれてるのよ。いいじゃない、誰にはばかることもない恋。最近、不倫の話しか聞かないから。うんと楽しみなさいよ」

楽しむか、と思いながら、マキさんの分の皿に取りかかる。チーズから白濁した液体が滲み、オリーブオイルを弾いていた。桃はもうぬるくなりかけていて、みずみずしさは水っぽさに変わっていた。

恋愛の、瞬間的な高揚感が失われていくさまが苦手だったことを思いだした。

ひとり寝

緑のリフト

奇遇

壁を向いて丸まると背がすうすうとした。

背中の空洞に熱い体の不在を感じ、うっすらと意識が眠りから浮きあがる。

明け方前の薄青い部屋で仰向けになる。ひとりで悠々と寝るにはちょうどいいサイズだったはずのベッドが広く思える。白いシーツが青い空気に溶けて海原のようだ。空いた枕に顔を寄せると、かすかに由井くんの植物じみた汗の匂いがした。

枕を抱えて目をとじる。もう一度、眠ろうとしたが、首筋に冷たいエアコンの風が吹きつけて、完全に目が覚めた。

寒い。

起きて居間へ行き、エアコンのリモコンを摑む。薄暗い中、設定したことのない低さの温度表示を、眉間に皺を寄せて二度確かめる。私より体温も新陳代謝も高い、由井くんが下げたのだろう。当の本人はいない。新規で大きな仕事が入ったとかで、しばらく来れないかもと言われたところだった。

喉の渇きを覚えて冷蔵庫を開けると、ドアポケットの飲料は炭酸水しかなかった。由井くんが常飲しているものだ。ふつふつと泡のたつペットボトルを飲む横顔を思いだす。汗に濡れたなめらかな背中と、上下に動く喉仏。真夏の眩い日差しを吸い込むシーツの上で、裸でくったりと横たわりながら眺めた。猛暑を理由に昼間はほとんど出かけず、冷房の効いた部屋でただただ互いの体を貪っていたお盆休みだった。

ピッ、ピッと無機質な音を部屋に響かせて温度を上げ、ベッドに戻る。伸びてくる熱い腕がない。こめかみに押しつけられる唇も、頬にかかる寝息も、ぱさついた銀色の髪も。後ろから抱き締められると、背中から鼓動がつたわって、ぴったりの穴に体がおさまるようだった。感触の記憶と痕跡だけが残る薄暗い部屋では、いないという空洞がくっきりと迫ってくる。

静かなのに、かえってその静けさがちりちりと刺さり、肌がざわめく。

サイドテーブルで充電しているスマートフォンを手に取る。寝てる？　と打ちかけて、返ってこない可能性の高いメッセージを送ることは空洞をより深くするような気がした。

ブランケットをもう一枚だしてくるまりながら、夏が過ぎはじめているのを知った。

通勤電車の中でスマートフォンが振動した。たて続けに震える。

肘が後ろの人にぶつからないようにそろそろと肩掛け鞄からスマートフォンを出すと、香織さんからのメッセージが画面に並んでいた。通勤ラッシュの憂鬱さに加えて、じわりとした落胆が怠《だる》さとなって四肢を重くする。

由井くんからはもう三日も連絡がない。私の仕事がたて込んでいるときはうちに居続けだったくせに、自分が忙しくなったら音沙汰がなくなる。寝る前のちょっとしたやりとりや日常のささいな報告くらいできないのだろうか。でも、小麦粉料理をしているときも感じたが、由井くんは目の前のことに集中するとまわりが見えなくなる傾向がある。そういうタイプだと頭ではわかっているが、なんとなくおもしろくない気分になってしまう。

そう、おもしろくないのだ。仕事もあるし、ひとりの時間の使い方だって知っている。むしろ、由井くんとこういう関係になってからはひとりの時間が足りていなかったくらいだ。体や肌のメンテナンスをはじめとしてやることは無数にある。別に寂しくはない。けれど、連絡を催促することで寂しがっていると思われるのが嫌だった。そして、由井くんにどこか甘えのようなものも感じた。甘えというか、関係を築けたことに対する油断か。たった二ヶ月ほど色濃く関わったくらいで、どうして安心してしまえるんだろう。私の気が変わらないという保証なんてなにもないのに。私のすべてを知ったわけでもないのに。

由井くんは私が結婚相談所に登録していることだって知らない。もやもやした気持ちを伝えられないことに軽くストレスが溜まっている。

片手に握ったままのスマートフォンに目を落とす。

——おはようございます

——今日も暑くなりそうですね！

——そういえば、

——中だるみ、してないですかあ？
——最近、連絡ないなあって……
ぽんぽんと並んだ短い吹きだし。早希もこういう風に送ってくる。合間に挟まれるスタンプの可愛さが違うくらいだ。この内容だったら私はひとつにまとめてしまうな、と思いながら朝の挨拶は省いて「中だるみですか？」と返信する。
——婚活の、です
すぐに返ってきた。
——最初飛ばしちゃうとどうしても
——二、三ヶ月あたりで急にやる気がなくなっちゃうんですよ
登録したては会う人、会う人がものめずらしく感じ、理想の人に会えるのではという期待や新しい活動をはじめたという高揚があるが、ひととおり申込みのあった人たちと会い終えたあたりで、また同じことの繰り返しかと面倒になってくる。もしくは、初対面の人たちに会った疲れがでてきて、婚活をする以前の日常も悪くなかったのではと思いなおし、誰かと人生を共にすることに気が向かなくなってくる。要するに婚活のモチベーションが保てなくなるのだと、香織さんは説明してくれた。
——息切れする前にちょっと休むのもありですが
——その間にも新しい人はどんどん入ってきますしね
そう香織さんはつけ加えた。確かに、マリッジコンサルタントの間宮さんからの連絡も

だんだんと間隔が空き、送られてくる男性のプロフィールも減っていた。そういえば、登録したては申込みが一番多いからチャンスだと言っていた。

私が「お見合い」から遠のいている原因は由井くんだ。頻繁に彼と逢うようになったせいで婚活に費やす時間がなくなったのだと思っていたが、しばらく逢う予定がなくなっても積極的に「お見合い」をする気になれない。やっぱり婚活と恋愛を同時進行させることに罪悪感がある。

恋人ができたことを伝えていない香織さんに、どう返信すべきか悩んでいる間にもどんどんメッセージが送られてくる。

——そういうときは婚活仲間と話すといいんですよ

——モチベーション維持のためにも

——また報告会しましょう

まるで香織さんがマリッジコンサルタントのようだ。「いちおう、まだ保留中の方がいるのですが」と活動をやめたわけではないことを示すと、「迷っているポイントがあるなら話聞きますよー」と返ってきた。感謝の意を示すスタンプでも送ってこの会話は終わりにしようと思いながら、ふと訊いてみたくなった。

——香織さんは複数の人と並行してやりとりをすることに罪悪感はないんですか？

——ないです！

間髪容れずに返ってきた。「ひとりひとりやってたら時間は足りないし」「相手も同時進行させてますからね」と吹きだしが画面を埋めていく。言葉は違うが、ほぼマリッジコンサルタントの間宮さんと同じ意見だった。

なんとなく予想はしていた。では、観月台先輩はどうだったのだろうと気になり、同じ疑問を観月台先輩にも送ってみる。朝だというのに、すぐに既読がつく。観月台先輩はいつも矢のように返事が速いが、今回は既読がついてから数十秒だけ間があった。

——たぶん、なかった。罪悪感がなかったというか、正直、その存在を忘れていた。罪悪感を持たなくていい場なのだと無意識下で判断していた気がする。

それは、やっぱり相手も同じ条件下で同じことをしているからですか。間宮さんに言われたことを打つと、「ちょっと違う」と返ってきた。

——人がやってるから自分もやっていいという考えは基本なくて。でも、誤解を生むかもしれない言い方だけどゲームのような感覚だったんだと思う。当時は合理的に結婚相手を探していたつもりだったけど、本当は現実とは違う場所だと認識していたのかもしれない。倫理観は人それぞれだから罪悪感を持つべきだったとは言わないけれど、そのことについてなにも考えなかった思考停止ぶりが恥ずかしくなった。

思いのほか長い返信に驚いているうちに乗り換えの駅に着き、押しだされるようにして電車を降りた。ホームで人の波から抜けて壁際でもう一度読みなおす。流れていく人の群れを眺めながら、そうか、と胸の裡《うち》でつぶやきがもれた。結婚相談所では当たり前の「そういうもの」という空気に従うのが気持ち悪かったのだ。相手がどうしているかは関係ない。自分がどうしたいかだ。

観月台先輩のたんたんとした文章は、どこか本田さんに通じるものを感じた。そういえば、二人とも研究職だ。「朝からすみません、ありがとうございました」と打つと、すぐに「問題ない」と返ってきた。

次の電車がホームにすべり込んできたので、スマートフォンを鞄にしまって歩きだした。エスカレーターではなく階段を選ぶ。半分ほど上った辺りで、階段下から勢いのある足音が聞こえた。走って上ってくる人がいる。脇によけようとしたら背後に迫ってきた。ぎょっとしてふり返る。

「まりえさん！」

銀髪が目の前にあった。黒いマスクを顎までずらして私の名を呼んだ由井くんの顔を、呆気に取られたまま見つめる。

「びっくりした」

そう言うと、由井くんは「顔に書いてある」と声をだして笑った。いつもクールに見える顔が子供みたいに無防備で、嬉しさがまっすぐに伝わってくる。

「おれもびっくりした」

「よく気づいたね。すごい偶然」

「似てる人がいるって思ったらドアが開くのと同時に走ってた」

由井くんは照れたように目を細めた。

「違う人じゃなくて良かったね」

「今日はどうしても対面で打ち合わせをしなきゃいけなくて、早いし、ついてないって思ってたけど」

「そうでもなかった?」

笑い合いながら階段を上る。仕事へと急ぐサラリーマンたちにどんどん追い越される。由井くんの細長い脚がゆったりと段を踏んでいくのを横目で見ていたら触れたくなった。空気の澱んだ地下鉄構内はどんよりと暑い。走ったせいか由井くんの首筋に汗がつたう。ハンカチをだして首に押しあてた。

「汗が」

ん、と由井くんは喉の奥で言い、ハンカチを私の手ごと握って自分の鼻に近づけた。

「まりえさんのにおいがする」

視線が絡む。

「香水をつけてるから」と平静を装って答える。大きな手の感触と熱さに、下腹がもったりと重くなり、かすかに欲情した。このまま手を取り合って家に帰ってしまいたい。

名残惜しく見交わすと、由井くんは「おれ、あっちだから」と私とは違う路線を指した。

「じゃあね」と手を離す。由井くんは一度だけ片手を挙げたが、時間が迫っているのか後はふり返らず小走りで駆けていった。

袖がドルマンになった黒のTシャツがたわみながら去っていく。オーバーサイズの服を着ていても格好がつくのは、彼が若く、均整の取れた体をしているからだ。外にいると余計に背の高さが際立つ。陽光の差さない地下にいるのに眩しく見えた。

もしコロナ禍がなく、リモートワークという働き方がなく、ふんだんに同世代との出会いがあれば私を選ばなかったのではないか。

偶然に出会えた嬉しさの中に、いじましい寂しさがよぎった。

会社のエントランスを抜けてエレベーターに乗り込んだ瞬間に、由井くんからメッセージが届いた。ちょうど私も送ろうとしていたところだった。

――今夜、早く終わったら行ってもいい？　会いたくなった

むず痒いような嬉しさが込みあげる。閉じかけたエレベーター扉の隙間をぬうようにして同じ部署の三浦《みうら》さんが入ってくる。「間に合ったー」と息を吐きながら私を見て、「おはようございます。桐原さん、なにかいいことありました？」と隣に並んだ。部下の中では数少ない女性社員で、さっぱりした人懐っこい性格なので、よく雑談をする子だった。

「さっき駅で偶然、知人に会って」

「知人じゃないですよね、その顔は」

シャツワンピースの襟元をぱたぱたさせながら三浦さんが笑った。エレベーターの中は二人きりだった。ちょっと悩んで「恋人」と答える。「ばったり会うと嬉しいものだね」

「やっぱり。桐原さん、彼氏できたんじゃないかなって思ってました」

「え、なんで」

「なんか、違いますよ。表情とか、週明けに疲れた充実をにじませてたりするとことか。あ、これセクハラですかね」

「うわ、恥ずかしい、はじめて付き合った中学生じゃあるまいし」

三浦さんは、ひひひ、と笑い、「私くらいしか気づいてないと思いますよー」と歌うように言った。

「でも、いいですねー」と彼女は狭い天井を仰ぐ。すぐにこちらを見て「あ、彼氏が欲しいとかじゃなくて、誰かを好きになれるっていいなあってことですよ。最近なんかもう、好きになられたいとかじゃなくて、好きになれることが尊いなあって感じですよ」と早口で言う。確か私より十ほど下だったはずだ。まだ三十代にもなっていない。その歳で、と言いかけてやめる。自分がそのくらいの歳の頃、年上の女性に「若いね」と言われるとどう返したらいいか困ったことを思いだした。

「好きな人はいないの？」

「そうですねー、恋愛とか苦手で。なんかドーピングみたいじゃないですか。一瞬、盛りあがって無敵みたいな気分になるけど、あとからネガティブなものが反動みたいにどーんとくる。あれ、無敵じゃなくて無痛になってるんでしょうね。怪我していても気づけない。怖いですよ。恋愛は海外ドラマで充分って感じですねー。あ、恋愛気分が高まるおすすめの熱愛ドラマ、いっぱいありますよ」

エレベーターの扉が開いて降りる。三浦さんはカラフルなスニーカーできゅっきゅっと床を鳴らして歩く。この数年でオフィスの女性服はずいぶんカジュアルになった。

歩きながら由井くんに返信しようとすると、画面に森崎からのメッセージが浮かんだ。漫画のタイトルがちらっと見えた。今日はなんだか朝から慌ただしい。

森崎はときおり、新しく見つけた飲食店やバー、映画や本などの感想を脈絡なく送ってくる。今回は、一緒に読んでいた漫画の新刊がでたから既刊を一晩かけて読み返して寝不足だというものだった。いつもそんな他愛もないメッセージを送ってくるだけで、会おうとは言ってこないから復縁したいわけではなさそうだが、意図がよくわからない。

恋人ができたいま、離婚した相手とだらだら繋がっているのはどうかと思った。由井くんだって知ったら嫌な気分になるだろう。牽制のつもりで恋人ができた旨を伝える。すぐさま返ってきたのは「仕事が早いね」の一文だけで、末尾についた「w」の記号に苛立ちが走った。おまけに、徹夜で読み返したという漫画は一緒に買っていたにもかかわらず森崎が手離さなかったものだった。

返信せずスマートフォンを鞄に戻すと、三浦さんが「いそがしいですね」と首を傾げた。

「いや、仕事の連絡じゃないよ」

「わかりますよ。恋愛って気持ちがいそがしいですよね」

自分の眉間を指す。知らず、皺が寄っていたようだった。目にぎゅっと力を込めて仕事に意識を切り替えた。

さくさくとミーティングや会議を済ませ、早めに指示をだし、いくつかの判断は明日にまわしたが、それでも二時間ほど残業になってしまった。キーボードを打ちながら、夕日に沈んでいくビル群をちらちらと見る。日に日に暮れるのが早くなっていく。しばらく明るい時間に由井くんに会っていない。

最寄りの駅を出ると、もうとっぷりと暗かった。駅裏の大型スーパーに行く時間が惜しかったので、近所の小さなオーガニックの食材店で白ワインと新鮮そうな葉野菜だけを買った。家路を急ぎ、帰宅するとすぐに掃除機をかけた。簡単に部屋を整え、冷蔵庫と冷凍庫をばたんばたんと開け、ありもので空腹を埋められそうなつまみを考える。

じゃがいもを耐熱容器に入れ、レンジで火を通してつぶす。レモン汁とオリーブオイル、少量のマヨネーズで和えて、粗熱が取れてから、ほぐしたたらことちぎったクレソンをさっくりと混ぜた。冷凍庫で眠っていた鯵の干物をグリルで炙《あぶ》り、レモン汁をかけて刻んだ香菜を散らす。あとは、半分に切った油揚げの中に半端に残っていたブルーチーズを入れて楊枝でとじる。由井くんが来てからフライパンで焼けばいい。

準備を終えると十時をまわっていた。由井くんからの連絡はない。化粧は落とさずにシャワーを浴び、白ワインを先に開けたい気持ちを我慢しながら持って帰ってきた仕事をしていたら、十一時を過ぎた頃にスマートフォンが鳴った。

――ごめん、今日は難しそう

ぐったりと体が重くなる。どうするの、このつまみ。思わず、声がもれた。ポテサラは明日サンドイッチにしてもいいが、深夜にひとりでブルーチーズお揚げを焼く気になれない。なにより、いま白ワインを抜いたら自棄酒《やけ》みたいではないか。

それでも、「わかった」と返事をした。仕方ない。仕方ないとは思うが、もう少し早く連絡できないものか。いや、ぎりぎりまでがんばってくれたのかもしれないし、自分もあのくらいの歳の頃は仕事に夢中になって森崎への連絡を怠ったこともあった。だから、こういうときに文句を言われるのが煩わしい気持ちはよくわかっている。だから、なにも言わない。でも、「わかった」以外になにか声をかける気にはなれなかった。

がっかりしていた。駅で偶然に出会えた高揚のせいで、落胆は深く、気分の昇降にふりまわされることがしんどかった。三浦さんの言う通りだ。確かに、いそがしい。疲労が重なって投げやりな気分になる。

干物やハーブの匂いがただよう部屋に着信音が響いた。でると、由井くんの不安そうな声がした。ほんとごめん、と謝っている。背後はしんと静かだった。ひと気のないオフィスの気配がした。

そんな風に必死に謝られたら、私だけが会いたかったみたいじゃない。

「もしかして、なんか作った？」

「まあ、たいしたものじゃないから」

朝のような弾んだ声がだせない。疲れた声なんか聞かれたくないのに。

「……タクシーで行こうか。けっこう遅くなっちゃうけど」

「大丈夫。明日も出社だし、今日はもう寝ようかな」

遅くにこられても、ワインを飲めないいし、夜食にするには塩分が多すぎる料理しかない。

また謝られる。「いいよ」と言うしかない窮屈さが苦しい。

「由井くん」

「なに」

「前も訊いたかもしれないけど、どうして私なの？　落ち着くから？」

面倒臭いことを言ってしまったと思ったが遅かった。回線が途絶えたかと思うほどの沈黙のあと、「楽しいし」と表情の読めない声が聞こえた。

「それだけ？」

「駄目？」

またずるい言い方をする。敬語がなくなっただけで付き合う前と変わらない。肌を重ねても、長く一緒にいても、由井くんは自分を明け渡しはしない。私ばかりが変えられている気がして不安になる。不安だから理由が欲しくなっているのはわかっている。欲しい言葉なんか返ってはこないのも。それなのに、訊くのをやめられない。

「じゃあ、楽しくなくなったら会わないの？」

こういう質問がもう楽しくなくさせている。困惑が伝わってくる沈黙が流れ、「そういうわけじゃないけど」と由井くんがちょっと声を抑えて言った。

「会って楽しくて、また会いたいなと思うだけじゃまりえさんは不満なの？」

不満ではない。でも、なんだか腑に落ちない。楽観的に過ぎるように思えてしまう。一緒にいるには。

「楽しいくらいで自分の人生を捧げられるの?」

「捧げる?」

由井くんの声に怪訝なものが混じった。我に返り、「ごめん」と打ち消す。「ちょっと疲れていて。忙しいときに変なこと言ってごめん。また連絡して」

慌てて言うと、今度は由井くんがかたい声で「わかった」と言った。

電話を切ると、また刺さるような静けさが部屋に満ちた。肌がちりちりとする。静かなのに、頭の中がうるさく鳴っていた。

駄目だ、と思う。このまま恋愛優先の生活をしていたらバランスを崩してしまう。自分のためだけの部屋だったのに。濃い匂いを放っている料理にラップをかけ、冷蔵庫に片付けてしまうと、浴槽に熱い湯を張った。

新宿からピンクとブルーの線が入った電車に乗り、一時間足らずで山に囲まれた駅についた。

気づけば車内はリュックにパーカーや帽子といった軽装の人しかいなくなっていた。明るい木目調の駅を出ると、本田さんが「やあ」というように片手を挙げた。首にタオルを巻き、紺色のポロシャツにチノパン、足元だけは意外にもがっちりとした本格的な登山靴を履いていた。ホテルのロビーやレストランにいるときよりずっとリラックスした表情をしている。

私はランニング用のスパッツに短パン、上には薄いウィンドブレーカーを着ていた。九月に入ったとはいえ、まだ暑く、ウィンドブレーカーを脱いでTシャツになった。本田さんは目をしばたかせて、「なんかいいですね」とつぶやいた。

「え」

「きれいな格好もいいのですが、僕はどうも緊張してしまって。そういう服装のほうが親しみがわきます」

「ありがとうございます」

褒められているのかわからなかったが一応お礼を言っておいた。変わった人だけれど、率直な言葉は嫌ではなかった。本田さんとの三回目の「お見合い」の場に高尾山を提案されたときはちょっと面食らったが、マスクごしにでもわかる青々とした空気に気分が弾んだ。都会から離れてどんどん変わっていく車窓を眺めているだけで楽しかった。

マリッジコンサルタントの間宮さんは「高尾山ならよろしいです」と頷きながら言った。

「日帰りできますし、そういうちょっとした非日常の場でしか見られない顔もあるかと思われます。ただし、車で行くのはおすすめ致しません。我が社ではドライブデートは推奨しておりません」

確かに、ほぼ初対面の男性が運転する車に乗るのは怖い。運転中の様子は確認しておきたくはあるけれど、どこに連れていかれるかわかったものではない。なので、電車を使い、現地集合にした。

「一時間くらいでこんな山の中に行けるなんて知りませんでした」

「そうなんですよ。夏休みや紅葉の時期は混みあいますが、今はちょうど間なのですいていると思います。では、行きましょうか。お手洗い、水分補給は大丈夫ですか？」

ふふっと笑いがもれた。

「どうしました」

「引率の先生みたいだなって思って」

本田さんの耳に赤みがさした。ぱっと顔をそむけられる。

「ああ、ごめんなさい。からかっているわけじゃないんです」

「ああ、はい」せかせかと歩きだした背中がぴたりと止まる。「さっきの」とふり向かず言う。「今日の服装がきれいではないという意味ではないですよ」

また、笑ってしまう。

「僕はいささか正直すぎるきらいがあるようで」

「大丈夫です」と言いながら、今日は自然に笑えるなと思った。

石塀や水路が続く。土産物屋が並ぶ石畳の道を過ぎると、「高尾山」という看板のかかった三角屋根の建物が見えてきた。「ケーブルカーを使いましょうか」と本田さんが言う。乗り場から数人並んだ列が見えた。

「そう高くない山ですよね、歩けますよ」

本田さんは私のスニーカーの足元をじっと見た。

「頂上まで行けるわけではないので、ここは乗りましょう。元気があったら帰りを歩けばいいかと思います」

どうしても歩きたいわけではなかったので、わかりましたと頷いたのに、本田さんは見ていなかったのか「では、リフトはどうでしょう」と右手の石段を見遣った。ケーブルカーが嫌なのだと思われたようだ。

「リフトなんてあるんですか」

「はい、僕は乗ったことはありませんが」

「じゃあ、乗りましょう」と、つい腕を取りそうになった。いけない、と手を引っ込める。由井くんと歩くときにゆるく体のどこかを触れあわせるのが癖になっている。

切符を買い、ちょきんと鋏を入れてもらい、係員の合図に合わせて、ぐるりとまわり込んできたリフトの薄い板に二人同時に腰を下ろす。ぐん、と思ったよりも速いスピードで体が動き、足が浮いた。「わわわ」と本田さんが声をもらし、私も喚声をあげてしまった。リフトはゆらゆら揺れながら上っていく。両側は山の樹で覆われているので、緑のトンネルの中を進んでいるようだ。植物の香りの風が吹き抜けていく。マスクを取って深く息を吸う。

「気持ちいいですねー」

つい大きな声がでた。

「開放感がありますね」と本田さんも心持ち声を張る。

「足をぶらぶらさせることってなかなかないですよね」

「確かに。もうブランコには乗りませんね」

赤色、青色、黄色、と玩具のようなリフトが前に連なっている。下山するほうに乗った親子連れが手を振ってきた。私がマスクを持ったまま手をふり返すと、本田さんは「マスク、気をつけてくださいね。けっこう落ちています」と下を指した。やっぱり先生みたいだと思う。

リフトはあんがい長かった。途中で会話が尽き、私たちは足をぶらぶらさせながら流れていく緑の景色を眺めた。木漏れ日がちらちらと降りかかり、浮遊感の中、浅い夢をたゆたっているような気分になった。

降りると、団子を焼く芳ばしい匂いがした。もう見晴らしがいい。ひろがった空の端で東京のビル群が茸のように密集し、スカイツリーが白く光っていた。参道のような石の道を上っていく。

山頂に至る道はいくつかあるのだと本田さんは言った。一号路の薬王院を通過する道を選んだので、山歩きというか参拝になってしまった。天狗の像があちこちにあり、どこの休憩所でも団子を焼いていて、石段を上ると必ず赤い鳥居があった。

リフトと違い、自分の脚で歩くと、汗がにじんだ。マスクの中が蒸れて余計に暑い。本田さんは歩き慣れているようで一定の調子で地面を踏みしめていく。私ばかりが荒い息を吐いていた。本田さんはなにくれとなく気にかけてくれたが、喋ると息が切れるので片言しか返せない。おまけに、曖昧な返事をすると本田さんは立ち止まってしまう。「いま、なんとおっしゃいました」とふり返る本田さんにもう一度同じことを伝えるのはけっこう骨が折れた。適度に流してくれていいのにな、と思う。

山頂は広場になっていて日差しがいっそう強かった。青く連なる山を背景に若い男女が写真を撮り合っている。見ていると、「すみませーん、撮ってもらっていいですか？」と頼まれた。笑顔でポーズをつける彼らを何枚か撮ると、「撮りましょうか？」と男の子のほうが爽やかに駆け寄ってきた。

「え」と少し離れたところに立っている本田さんを見る。撮ったところで私たちはどうなるのだろう。本交際に進めば記念になるかもしれないが、どちらかがお断りしたら微妙な写真だけが残ってしまう。結局、私が「いいです。ありがとう」と断ってしまった。

若い男女が去っていくと気まずい沈黙が流れた。「山歩き、慣れてるんですね」と話をふってみる。

「大学のときはワンダーフォーゲル部でした」

「そうなんですか。じゃあ、今日は物足りなかったんじゃないですか。合わせてくれてありがとうございます」

本田さんは「いえ」と山並みを見遣った。「楽しかったです、リフトとか」

一瞬、口をつぐむ。私を見下ろす。

「もしかしたら結婚とはこういうことなのかもしれないですね」

「え」

「自分では選ばない道を往く。ここには七つほど道がありますが、どの道を選んでも山頂には着くんです。楽な道もあれば、山を大回りする時間のかかる道もあります。険しい道も、眺めの良い道もある。でも、道を逸れずに一歩一歩進めば必ず目標は達成します」

「そう……なんでしょうか」

本田さんは真剣に結婚というものについて考えている。一回目の「お見合い」では親を納得させるために登録したと言っていたが、そこから自問自答しながら徐々に進んでいっている。私は森に迷い込んでいる気がした。

「でも、結婚の頂上って……夫婦二人で目指す目標ってなんでしょう」

うーん、と本田さんは唸った。

「こんな風にひらけていて、わかりやすいものではないかもしれませんね。ただ、どんな苦しい道を選んでしまったとしても、道中の楽しさを見つけられる相手だったらいいと思いました」

それを聞いて、この人にとって私は違ったんだなと思った。緑のリフトは楽しかったけれど、歩いて登った山道で私はずっと自分のことばかりだった。小さな花が咲いていたり、梢で鳥がさえずるたびに、本田さんは丁寧に説明してくれたが、私はほとんど聞いていいなかった。由井くんとの楽しさには不安になるくせに、本田さんとだと楽な道のほうがいいと思っていた。緑のトンネルの中を勝手に運んでくれるリフトは人生にはない。

帰りは吊り橋を渡る道を選んだ。先週の台風で道はすこしぬかるんでいた。丸太の段がいくつかあり、倒木もあった。やはり本田さんは気を遣ってくれ、先にたって歩いて、すべりそうな場所は注意してくれた。

濃い緑の中に吊り橋はあった。ワイヤーと木の板でできた橋は足をのせるとゆらありと視界がゆがむように揺れた。下ではどうどうと青緑色の水が流れ、切りたった岩にぶつかっては白い飛沫《しぶき》を散らせていた。ここが山で一番涼しかった。水と緑の匂いを肺の奥まで深く吸い込む。

「はい、どうぞ」

目をあけると、手が差しのばされていた。吊り橋の、数歩進んだ先に本田さんがいる。その手を取って、一、二歩、足を運んだ。

それは、温かくも冷たくもない手だった。汗ばんでも乾燥しすぎてもいない。男の人にしては小さめだけれど、しっかり厚みはあり、浮ついた下心も見えない安心感のある手だった。

でも、違った。この手は違う、と体が言っていた。

「すみません」

そっと手を引っ込める。

「かえって怖いので大丈夫です。ひとりで渡れます」

笑顔を作ったつもりだったけれど、口元はマスクで隠れ、目は笑えていなかったと思う。

本田さんは「わかりました。気をつけてくださいね」と穏やかに言った。

コロナ発症

金木犀

お揚げ丼

木々の葉の鮮やかさが薄れ、地面に落ちる影に湿り気が増した気がした。陽が斜めになり、オレンジがかった色合いになる。山が暮れだしていくのを感じながらケーブルカーに乗った。

私も本田さんも口数は少なかったが、気詰まりな空気ではなかった。静かな達成感に包まれたまま、眩しさを失っていく山の景色を眺めていた。新宿に着く頃にはすっかり暮れているだろうと思いながら、どちらも、なにか食べていきましょうか、とは言いださない。参道の、店仕舞いをはじめている土産物屋やまだ開いている蕎麦屋を通り過ぎて、私たちは駅に向かった。

電車に並んで座り、リフトともケーブルカーとも違う、慣れ親しんだゆるい振動に身をまかす。目の奥がじんと重くなるような緩慢な眠気に襲われる。かくり、と船を漕ぎそうになったとき、本田さんの汗の匂いが鼻に届いた。

嫌ではない。でも、手に触れたときと同じように、違う、と体が言う。

やはり、私は体からなのだ。離婚した後、もう好きではなくなった匂いで、森崎と生きていくことはない、と気づいたように。

息を吐きながら顔をあげる。いつしか太陽は沈み、電車の窓は薄闇に染まっていた。ひょろ長い上半身の男性と見慣れないカジュアルな服装をした私が映っている。汗をかいたせいで髪がうねっていた。いつの間にか、髪が伸び、もうボブとはいえないくらいに長くなっている。顎のラインですっぱりと切り揃えた髪を「似合ってます」と褒めてくれた由井くんを思いだす。

「私、鋏でぷつんぷつん切ってきたんです」

つぶやいていた。ゆっくりと本田さんがこちらを見た気配がした。

「離婚するまでに。二年くらいかけて、ひとつひとつ。期待とか、甘えとか、繫がりとか、感情的な湿っぽいものを。そうして得たひとりというかたちはすごく楽で、まあたらしい香りがしました。でも、なにか不安で。なにか取りこぼしている気がして。こういうかたちでの出会いなら、ひとりのままで誰かといられるのかもしれないと思ったような気がします」

電車のドアが開いて、制服姿の女の子たちが甘い匂いと一緒に入ってくる。にぎやかな声が車内を埋めていく。私のつぶやきが吞み込まれる安堵を得て話し続ける。本田さんは聞こえているのか、いないのか、黙ったままだ。

「そのくせ、どこかで、にせものだって思っていたんです。こういう出会いを、条件をすり合わせていく過程を、胡散《うさん》臭く思っていました。こんなの、ほんものの関係性じゃないって。傲慢でした」

「じゃあ、どうして――」

そう訊かれた気がしたが、後半は弾けるような笑い声にかき消された。膝の上でリュックを抱いたまま口をひらく。

「もしかしたら復讐だったのかもしれません。別れた相手への。いえ、違います。私も、彼も、幸せにしなかった結婚というかたちへの」

「幸せじゃなかったんですか」と本田さんが静かな声で言った。

「よくわかりません。不満はありませんでしたが、幸せとも言い切れなくて。こんなものだろうと、このまま続いていくのだと漠然と思っていました。でも、彼は違ったみたいで」

本田さんはしばらく思案するように黙っていた。

「どうして離婚に応じたんですか」

余計な感情をにじませない声に、一歩一歩山を登っていた足取りを思いだす。

「彼が不幸そうに見えたからですね」

恋愛がしたいと言った森崎の浮気を疑うことに疲れたのも一因だったが、決定的だったのはそれだ。

忘れられない出来事がある。夫婦でお世話になった人への贈り物を買うために、人気のパティスリーに並んでいたときのことだ。寒い日で、手袋をしていても指先は冷たいままだった。「あったかいコーヒーでも買ってくる?」と森崎を見ると、彼は首を縮めながら列の前のほうに目を遣っていた。上品そうなロングコートを着た女性となめらかなオリーブグリーンのマフラーを巻いた男性が白い息を吐きながら談笑していた。軽く腕を触れ合わせ、女性は路上に停めた車へ向かう。交代で列に並んでいるようだった。私たちよりひとまわりは上だろうか、年齢的には夫婦に見えたが、恋人同士のような親密さがあった。森崎が吐き捨てるように言った。

「路駐じゃん。通報してやろうかな。そしたら、ちょっと順番早くなるんじゃない」

笑ってはいたが、口調には明らかな悪意があった。「え、なんでそんなことする必要あるの」と驚いて言うと、「あんな高級車、鼻につかない?」と媚びるようにまた笑った。「つかない」と真顔で答えた。「私たちには関係ないでしょ。あの人たちが嫌な目に遭っても私たちの得には繫がらないよ。そういう感覚、わからない」

「冗談だって」と森崎はふざけた顔をした。けれど、おもしろくないのか、すぐに顔を背けて黙り込んでしまった。こめかみの硬い毛に白いものが見えた。細い氷柱《つらら》のような白髪を眺めながら、この人は不幸なんだなと思った。だから、満たされていそうな人たちを見ると腹がたつのだ。さびしい、と感じた。このまま、ふたり、歳をとっていってはいけないとはっきり思った。

「私は誰かといて不幸になりたくなかったし、一緒にいる人に不幸だと思われたくなかったんです」

街の灯がにじむ暗い車窓を見つめながら話した。乗客はどんどん増え、窓が人で覆われていく。並んで座る私たちだけがぽっかりと沈んでいるように感じられた。ずいぶん長い間、本田さんは黙っていたが、「僕は」と口をひらいた。

「誰といても、決めてはいけないのだと思います」

「なにを」

「その人の幸も不幸も。それぞれで努力するしかない」

「結婚していても」

「はい。だから、別れた旦那さまを桐原さんが不幸にしたわけではないです。それも彼の問題で、桐原さんには関係のないことです」

でも、それじゃ、と思う。繋がる意味があるのか。互いの感情が溶け合い、互いを半身のように想い合うのが、恋人とか夫婦とかいう関係なのではないのだろうか。言いかけて、マキさんの艶っぽい目がよみがえる。かたちなんてないの。どんなに酔っても紅が塗られたままの唇がなぞった言葉を思いだす。

そうだ。私も、他人に幸も不幸も決められたくなかった。

「こういうことを言うから僕は駄目なんでしょうか」

本田さんが目尻に皺を寄せ、困ったように笑う。「いいえ」と首を振った。「それでいいと思います」

「降りましょう」と、どちらからともなく立ちあがり、電車から吐きだされる人波に呑まれる。「では」と頭を下げようとしたら、リュックを背負いかけていた本田さんが「そうだ」と声をあげた。

「これ、良かったら」とリュックから取りだした袋菓子のようなものを渡してくる。空気のように軽く、赤字で大きく「松山あげ」と書かれている。

「僕、実家が四国のほうで。これをいつもストックしています。常温でけっこう持つんですよ」

「お揚げが」

「はい、スポンジみたいにスカスカなんです。でも、味噌汁とかにちぎり入れるととろけますよ。油抜きも必要ありません」

透明な包装から明るい狐色の揚げが見えた。思わず、お腹が鳴る。

「ありがとうございます。卵とじにしようかな」

「いいですね」

「溶き卵に片栗粉を少し入れるとふわふわに仕上がるんですよ」

「へえ、やってみます」と本田さんは姿勢良く言った。この人と日常的に食事を共にすることはないのだろうなと思う。混雑するホームで「今日はありがとうございました」と言った。「こちらこそ」と本田さんが応える。戦場で出会った兵士が別れるように、つい「ご武運を」と言ってしまいそうになった。

ひょろりと長い後ろ姿が人の群れにまぎれていくのを揚げの袋を持ったまま見送り、リュックにしまう前に写真を撮った。自分の駅へと向かう電車に乗り換えて、由井くんに写真を送る。
すぐに既読がつき、「それなに」と笑っているキャラクターのスタンプと一緒に返事がくる。「もらったの」と返すと、「会社で？」とまた笑っている気配は伝わってきた。今日は休日出勤だと嘘をついていたことを思いだす。答えず「帰ってお揚げ丼でも作ろうかな、ふわふわの卵でとじて」と打ち込む。
――いいな
――食べたい
続けて返ってきた。「じゃあ、おいでー」と打ちながら電車を降りる足が速くなる。そのまま、駅を出て、歩道橋を渡り、スーパーを通り過ぎてしまったと、立ち止まった瞬間にスマートフォンが震えた。
――三つ葉とビール買っていくよ
画面に並ぶ文字を見て、嬉しさが込みあげる。こういうことの繰り返しが虚しい期待を生んで、いつか自分を苦しくさせることを知っていても、浮きたつ感情を抑えることはできない。だったら、もう身をまかせるしかない。
炊飯のあたたかい匂いが部屋にただよう中、由井くんは片手にスーパーの袋をぶら下げ、片手に白い薔薇を持ってやってきた。
「どうしたの？」
「まりえさん、来週、誕生日だよね。急な仕事が入ったら一緒にいられないし、先に。明日、空いているならなにか美味しいもの食べにいこう。それより、まりえさんこそどうしたの？」

私の服装と椅子に置かれたリュックに目を遣る。

「今日の仕事は高尾山だったから」

「ふうん」と由井くんはさほど興味を示さずに頷くと、目を細めて笑った。

「おれに会いたかった？」

「うん」

会いたかった、と勇気をだす。

「はじめてじゃない？　そうやって甘えてくれるの」

「そんなことない」と言いながら腕の中におさまり「鬱陶しくない？」と小さく訊く。

「うれしいよ」

私よりずっと厚みのあるかたい体から低い声が響く。鼻先に触れた頰はひんやりと夜の気配がして、銀色のぱさついた髪から好ましい匂いがした。炊飯器が高い音でぴろぴろと曲を鳴らし「お腹へったね」と笑い合った。

本田さんがくれた揚げは卵よりふわふわで、出汁をたっぷりと吸い込んで口の中で溶けた。

誕生日の朝、首まわりにむず痒さを感じて目を覚ました。

薄いリネンのカーテンを透かして入った朝日で部屋は白く発光しているようだった。毛布から裸の上半身を起こした由井くんが、くくく、と声を殺して笑っている。めずらしく子供みたいな顔をしていた。

「なに？」と慌てて口のまわりに手をやる。「いびきかいてた？　よだれ？」

違う、違う、と由井くんが、私の顎の下に触れる。

「くすぐったい」

「ここに一本だけ毛が生えてるの。白くて、長いやつがきらきらしてて」

「うそ！」悲鳴のような声をあげてしまう。「髭ってこと？　えーやだ、やだ！」

抜いて、抜いて、と騒ぐ私を由井くんは押さえつけると、しげしげと顎の下を観察した。

「すごく細いよ。きらきらなびいてる。白いから気づかなかったんじゃないかな。あ、抜けちゃった」

「最悪」と私はげんなりして天井を仰いだ。

「体がバグって変なところから毛が生えるようになったんだよ、きっと。四十だもん。最悪な誕生日」

そう言うと、由井くんが笑った。「若くていいね」と枕を投げつける。由井くんはますます笑いながら枕ごと抱き締めてきた。ちょっと傷ついていたけれど、不貞腐れたふりができることにほっとしていた。年齢や体の変化を受け入れる歳になったのだと思った。

ひとしきりふざけて、そのまま肌を合わせ、シャワーを浴びると、由井くんが喉の奥で変な音をだしながら食卓についた。

「なんかちょっと喉痛いかも」

「笑いすぎでしょ」とスリッパの先で軽く蹴る。

「風邪かな、ジンジャーティーにしようか」

「ありがとう。おれ、今日はリモートにするよ」

「じゃあ、私も午前はそうする。うちにいるなら晩ごはんの買い物、お願いしていい？」

そんなやりとりをして朝食を片付け、それぞれの仕事をはじめて二時間ほどで由井くんがのったりした動きで立ちあがった。アンティークの衝立を片手で動かし、ベッドに横たわる。

声をかけてもくぐもった不明瞭な返事しかない。「眠い？」と首筋に触れて、熱さに驚く。もともと体温は高いが、汗で湿った体にこもったような熱の気配があった。由井くんが軽く咳き込んで「痛……」と呻き声をあげた。

「これって……」と言いよどむ。いくつめかのコロナの波がきていて、日々、感染者数が増えているという情報は入っていたが、現実感がなかったことを思い知る。とりあえず、由井くんにマスクをつけてもらい、会社に今日は出社しない旨の連絡を入れる。家族でも同居しているわけでもない由井くんの存在をどう説明すべきか迷った末に、会食をした人が発熱したのでと伝えた。

それから、解熱剤や清涼飲料水、食料なんかを買いに行き、自治体のホームページを見て抗原検査キットを手配し、歩いていける距離のＰＣＲ検査をやっている病院に片っ端から電話をして、なんとか明日午前中の予約を取った。陽性だった場合を考えると、由井くんに家に帰ってもらうべきだったが、熱がどんどんあがっていく彼をひとりにするという決断はできなかった。

「限られた人としか会っていないし、ぜんぜん心当たりがないんだけどなあ」と怠そうに話す言葉にぎくりとした。私は婚活で本田さんに会っている。高尾山に登って以来、連絡を取っていないので彼がコロナ陽性だったかどうかは確かめようがない。私が感染して無症状のまま由井くんにうつした可能性を考えると胸が重くなった。

その晩、由井くんの熱は四十度近くまであがった。私は不安で、念のために仕事を済ませておくと言いながら夜通し起きて、由井くんの汗で濡れた寝巻きを替えたり、水分や解熱剤を摂らせたりした。

明け方、自分の喉も痛くなってきて、ほっとした。由井くんは病院へ行き、検査を受け、ほぼ間違いないだろうと医師が言った通り、次の日には陽性を報せる電話がきた。由井くんから二日遅れて私にも陽性判定がでたが、熱は由井くんほど上がらなかった。ただ、二人とも咳と咽頭痛が悪化して、ひたすらげほごほと咳き込んでいた。「おれがうつしてしまった」と由井くんは済まなそうな顔をしていた。罪悪感の味を知っている私はなんとも言えなかった。このコロナ禍の中で親しい人に言えない会食をしていた自分の迂闊さを反省した。

熱がひいた朝、由井くんがぼんやりした顔で台所にたつ私を見た。

「まりえさん、なに作ってるの？」

「え」とトマト缶を持ったままかたまる。さっきまでベーコンと玉葱を炒めていた。

「野菜が傷みそうだったからミネストローネを作ってるんだけど……」

「音で料理しているのはわかるんだけど、なんの、匂いもしない」

「なんの？」

昨日の夕方、早希が玄関前に置いていってくれたパンの紙袋を抱いて由井くんに駆け寄る。由井くんは茶色い紙袋に頭を埋めるようにして息を吸い込んだ。動きを止め、顔をあげ、首を横に振った。

「駄目だ。なにも、匂いがしない」

早希は焼きたてを持ってきてくれたので、昨夜は芳ばしい小麦の香りで部屋がいっぱいだった。由井くんは「お腹がすいてくる！　寝られない！」と咳の合間に言っていたのに。熱があっても、喉の痛みで食べ物が呑み込みにくくても、食欲があるのが安心だった。

食欲の有無を問うと、「ある」と言い、黙々と私が作ったものを食べた。味はわずかだが感じられるらしい。集中して食べる由井くんは閉じている感じがした。

茹でたての水餃子にパクチーを散らしても、湯船にローズマリーのオイルを垂らしても、無なのだと言う。あれこれと由井くんの鼻先に香りの強いものを持っていく。そんな私の首筋に鼻をうずめて「ああ、まりえさんの香水もわからない」と呟かれたとき、泣きそうになった。かなしい。心配な気持ちもあるが、ナイフのようなかなしさが突き刺さる。これほどまでにかなしいのはなぜだろうと動揺するほどだった。

けれど、由井くんは奇妙に冷静なのだった。「透明な感じ」と、まだ体が怠いのかぼうっとした目で言う。

「透明？」

「静か、なのかな。匂いのない世界ってこんななんだ」と他人事のような顔をしている。嗅覚という感覚のひとつが失われたのに、感情が平坦なのが怖かった。

ベッドの横に立ち尽くしていると、「どうしたの？」と目を細めてきた。無精髭というほどでもない髭がぱらぱらと散らばる顔が優しかった。

「まりえさん、迷子みたいな顔をしてる」

「……なんだか、世界にたったひとりになった気分なの」

絞りだすように言葉を探す。一緒に重ねてきた記憶や時間が嗅覚と共に奪われてしまった気がした。「おおげさ」と由井くんは笑った。「きっと戻るよ」と、症状の重くない私のほうが慰められてしまった。


由井くんが言った通り、二日ほど経つと徐々に嗅覚は戻ってきた。こんにゃくを煮る匂いとか、隣のベランダからの甘い柔軟剤の香りとか、どちらかといえば由井くんがあまり好ましく思っていなかったものから感知できるようになっていった。

十日の療養期間は長く、ひさびさにゆっくりと小麦粉料理の復習をしたりしながら食べて寝るだけの生活を送った。咳だけがなかなか取れず、夜の眠りが浅いので、昼間もうとうとくっついて眠った。老後の暮らしってこんな感じだろうか、と笑い合った。

もうそろそろ大丈夫だと思う、と由井くんが散歩に出かけ、私も週明けから復帰する仕事の準備をはじめたときだった。溜まったメールに返事を書いていると、大きめなドアの開閉音がした。そのまま、無音になる。

目を遣ると、由井くんはスニーカーを履いたまま玄関に立っている。

「どうしたの」と言うのと、由井くんの「これ、なに」が同時だった。手にA4サイズの大きな白い封筒がある。思わず、立ちあがってしまう。ピンクの飾り文字で結婚相談所の名前が印字されている。「お見合い」希望の男性のプロフィールが入っている封筒で、ご丁寧にも「プロフィール在中」の判子が捺してある。コロナを発症してからずっと由井くんといたので、マリッジコンサルタントの間宮さんからの電話にはでていなかったし、すっかり頭から飛んでいた。

出がけに「郵便受け、見てこようか」と声をかけられた気がする。私は生返事で「お願い」とか「うん」とか言ってしまったはずだ。しまった、という文字が頭に浮かび、まるで隠していた答案用紙を見つけられた小学生のような間抜けさだと、変に冷静に思う。

「まりえさん、婚活してるの？」

ただの資料請求だとか、母親が勝手に申し込んだのだとか、いろんな嘘が頭の中を駆け巡ったが、不意を突かれた自分の態度がすべてを物語っていて、いまさら取りつくろう術《すべ》もない気がした。

「それは……」

もういっそ包み隠さず話してしまおうか。けれど、森崎との旅行貯金を使ってしまいたくて、なんて言ったら呆れられる気がした。マッチングアプリですらしないと言っていた由井くんなのだ。遊び半分で、と思われたら人間としての信用を失うだろう。いや、もう失ったのかもしれない。

由井くんは靴を脱ぎ、チラシやＤＭの束と共に封筒をテーブルに置いた。まったく目を合わせてくれない。顔を背けたまま、「おれは出会えたと思っていたのに」と低い声で言った。「まりえさんは違ったんだ」

「そんなことない」

でも、曇りなく「出会えた」と思えるほどの無垢さは自分にはなかった。私は誰かを探してすらいなかったのだから。由井くんは、はらはらと思いがけず降ってきた花だった。あの春の夜の、音もなく散りそそぐ桜のような。

「由井くんは、」

「ごめん、かなりショック」と遮られる。「おれってそんな頼りない？」

一瞬、混乱する。頼り？

「誰かに頼りたいわけじゃないよ」

「婚活するってそういうことじゃないの？」

「違うよ」と、ついかたい声になってしまう。

「じゃあ、なに？　まりえさんはなにを求めて結婚相手を探してんの」

答えられなかった。自分の行動を説明も弁解もできず俯いてしまう。

「もうやめるつもりだったの。コロナに罹《かか》って退会の手続きをできてなかっただけで」

「それって、つい最近までやってたってことじゃない。おかしくない？　おれと付き合いながら婚活もするって。いい人がいたら、乗りかえようって思っていたってこと？」

「違う！　由井くんは恋人だから……」

「恋人と結婚相手は違うって？」

やっとこちらを見た顔は怒ってても呆れてもいなかった。ただ、傷ついた顔をしていた。心臓が軋むように痛い。

「おれには、わからない。ごめん、ちょっと頭を冷やしたい」

由井くんが私に背を向けて、衣類やパソコンをリュックに詰めるのを、呆然と眺める。なにも言葉が浮かばなかった。

「帰る」

「でも」

「もう、体は大丈夫だし、いま一緒にいても傷つけるようなことしか言えないから。何日も看病してくれてありがとう。ちょっと考えさせて」

堪えるような顔で由井くんは言って、少しだけ咳き込んだ。応じるしかないと思った。

「わかった」と言うと、小さく溜息をつかれた。

「まりえさんはいつだってそうだね」

「どういう意味？」

由井くんはなにも答えずスニーカーを履くと、「ごめん」と言って出ていった。ドアが閉まる。ずっとあった大きな体、ひとり分の空洞が部屋にできて、耳が詰まったように静かになった。

頭に手をやり、ぐしゃぐしゃと髪をかきまわす。泣いて、すがれば良かったのだろうか。許しを請うべきだったのか。でも、責められても悲しまれても私はなにも言ってあげられない。私自身が私をよくわかっていなかったのだ。

床にしゃがみ、膝を抱く。自分の馬鹿さに吐き気がする。

どれだけ時間が経っただろう。インターホンが鳴った。無視してうずくまったままでいたが、しつこく鳴り続けている。のろのろと立ちあがると、脚がふらついた。

「はい」と投げやりに声をあげると、「俺」と機器を通して乱れた音声が聞こえた。由井くんかと思って見た画面には、間延びした森崎の顔が映っていた。

なんで、こんなときに。体がぐったりと重くなり、見慣れた顔に苛立ちがわく。反面、由井くんが出ていった後で良かったと安堵する。

「なに」

「なにってお前、ずっと返信ないし、倒れてんのかと思って」

ひさびさに聞く「お前」に違和感を覚える。離れてからは言われていなかった気がする。

酔っているのだろうか。休日の昼間から？　馴れ馴れしいを通り越して鳥肌さえたつ。

「コロナで自宅療養中」

「あ、感染したのか。大丈夫？　なにか買ってこようか」

「いい」と言下に断る。なんなの、なんなの、と胸のざわざわが止まらない。

「心配してやってんのに。ひとりだといろいろ困るだろ」

ざらついた画像の中で、もう他人になった男が言う。

「ひとりじゃないって言ったよね。恋人できたから」

「ああ」と森崎はなんでもないように頷いた。「でも、それはそれだろ」

「急に来られると迷惑。ていうか、もう森崎とは関係ないから」

そうはっきり言うと、粗い画面ごしでも顔がゆがむのがわかった。

「まりえは切り替えが速いよな。まだ一年も経ってないのに。出ていくときも泣きもしなかったし」

は、と思わず声がでる。

「俺はさ、そんな簡単に他人とは思えないよ。でも、まあ、そうだよな。正直、ちょっと試してみたかったようなとこはあったかも。結婚っていうかたちがなくても繋がっていられるのか」

もう声もでなかった。無機質なモニターの中でなにかに浸っている風情の森崎を凝視して、なに言ってんの、という言葉を呑み込む。

駄目だ。いま、感情的になってはいけない。由井くんに去られたつらさを森崎にぶつけても、なんの解決にもならない。もう、この人は素の顔を見せる相手ではないのだから。

「ねえ、離婚届をだしに行った日、点心の店に入ったの覚えている?」

森崎はぽかんとしている。きっと忘れたのだ。こうやって突然うちにやってきたのも、ただの気分なのだろう。ほんの少し人恋しくなって、昔の繋がりを確かめにきただけで、関係を修復するつもりなんてない。

「まだ一年も経ってないって言うけど、あのとき食べたものぜんぶ、私は作れるようになったよ。小籠包も焼売も水餃子も、ちゃんと生地から。毎日、人は変わっていくの。前と同じように甘えるのはやめて」

「いや、心配で……」

通信を切ったブツンという音が響き、部屋は静かになった。息を吐くと、涙が一粒だけこぼれた。あー、と呻きながら目頭を押さえる。ばかばかしくて、情けなくて、もうこれ以上、泣きたくないと思った。


「そうですかあ」と甘い声で香織さんは言った。「別にいいと思いますけどね、恋人いたって」

ころりと丸い、スチームミルクの浮いたカップを両手で撫でる。爪は秋らしいワインレッドで、アイメイクも同じ系統の色に変わっていた。

結婚相談所の退会手続きをする前に、お世話になった香織さんには自分の口で話しておこうと思ったのだった。駅直結の商業施設は休日の活気あるざわめきに満ちていて、香織さんはこれからお茶と夕食の「お見合い」があるらしく、ときおりちらちらとスマートフォンを見ていた。

「だって、その恋人さん、結婚してくれるって言いました？　言ってませんよね。じゃあ、婚活をやめる必要はないですよ。約束もくれない人に桐原さんの人生や選択を縛る権利はないし、男としてたててあげる義理だってないんです」

「でも……」

「若いんでしたっけ？　その人」

「もうすぐ三十三ですね」

誕生祝いをしてあげたかったな、と思っていると、「若いー」と香織さんは薄い笑みを浮かべて首を振った。基本的には年上の男性を紹介される結婚相談所では会うことのない年齢。

「だいたい、その人のこと親御さんに話せます？」

返事ができなかった。言えない。姉にも、母にも、離婚して一年も経たずに七つ下の恋人ができたことなんて。「その人に離婚歴はないんでしょう」と母が難色を示す様子が目に見えるようだ。

「桐原さん、アラフォーでしたよね。子供を作るチャンスも限られてきますけど、その恋人さんにそういうことを相談できます?」

できない。子宮内膜症でピルを常飲している私は自然に妊娠することはほぼないので、子供ができたから結婚するという未来はないといっていい。子供が欲しければ、計画的に作らなくてはいけないのだ。

「じゃあ、その彼とは結婚の線はないと判断していいわけじゃないですか。自分の彼女が婚活していたって知っても結婚の意志を示さなかったんでしょう。男としてのプライドが傷ついたことでいっぱいいっぱいで、桐原さんを欲しいとは言わない。そんな甘ちゃんのご機嫌を取ってあげる必要はないです。先を明示しない恋愛なんてただの搾取ですよ」

笑顔のまますらすらと言う。迷いのない香織さんは輝くようにきれいだった。私はブレブレだったのだ、と思う。尊先輩と同じで。息を吐き、「さっき」とブラックコーヒーをすする。

「香織さん、結婚してくれるって言ったじゃないですか。私は彼に結婚してもらいたくはないんです」

「じゃあ」

「彼だけじゃない。誰にも、結婚してもらいたくはないんです。選ばれたくないし、選びたくない。やっと、それに気がつけました。だから、もう婚活はやめます」

香織さんは一瞬、目を丸くして、それから長い睫毛をふせた。

「へえ、余裕ですね。恵まれた選択だと思います」

「恵まれた？」

「恵まれているんですよ、そんな風に考えたり悩んだりする時間があるってことは」

指先でスプーンを持ち、優雅にスチームミルクをすくう。そうやって飲めば泡の髭ができないのか、とぼんやりと見つめる。

「わたしには後がないんです。わかります？　背水の陣ってやつです。こんな風に言っても、きっと桐原さんは結婚くらいで大袈裟なって思うんでしょうね。でも、わたしは桐原さんのように学歴やキャリアがあるわけじゃない。知っていますか。コロナ禍でどれだけの女性が職を失ったか。わたしもです。派遣切りってやつですよ。いま、わたしが売れるのは女としてぎりぎりの若さだけです。これは、わたしの人生の就活なんですよ」

小さな音をたててカップをソーサーに置く。トレンチコートとハンドバッグを手に取り、立ちあがる。

「女の人の身売りですよ、婚姻って」

口をひらきかけた私をにっこりと笑顔でさえぎる。

「きっと、桐原さんにはわからない。お元気で」

ひらりと手を振り、スカートの裾を揺らしながら香織さんは店を出ていった。

あくまで儀礼的に残念さをにじませながらも、さくさくと退会手続きを進めるマリッジコンサルタントの間宮さんをぼんやりと眺めていた。書類をだすたびに手首の色鮮やかな数珠がじゃらじゃらと鳴る。

考えようとしても、香織さんが放った「身売り」という言葉が異物のように頭の働きを妨げている。あれは、高校生の私が、平安時代の古典に対して感じたことだった。

「桐原さん？」と顔を覗き込まれた。

「ああ、はい。個人情報の破棄についてですね。わかりました」

「ありがとうございます。ここまでで質問はありますか」

ないです、と言いかけ、ふと香織さんのことを訊いてみたくなった。

「香織さんって方がいますよね」

「内村《うちむら》さまでしょうか」

苗字を知らなかったことを思いだす。彼女の外見を説明しようとして、壁に貼ってある「ご成約者」たちの写真で目がとまる。嬉しそうに微笑む女性たちは皆、似ていた。香織さんと同じように髪をふわりとさせて、無地か小花柄の柔らかい色合いのスカートかワンピース。際だった特徴はないけれど、女性らしい華やかさは失っていない、少しだけダサめの服装。そんな「お見合い」向けの香織さんしか私は知らない。

「ここで話しかけられて、いろいろお世話になっていたんですが」

間宮さんの目がわずかに曇った。

「それは、内村さま、ですね。ご利用者さまにお声がけされているのはこちらも把握しております。活動しながら相談できる方がいらっしゃるのは良いことだとは思うのですが……こう申し上げるのもなんですが、ときどき問題を起こされていましてね……」

「問題、ですか？」

「はい、お申し込みのなかった方も紹介して欲しいとおっしゃったり、他のご利用者さまとお見合いしている方の個人情報を知ろうとしたり。桐原さまにもなにかご迷惑を？」

「いえ、私はなにも！」と慌てて言う。「相談にのってもらったりしたので気になって」

「と、いうと？」

間宮さんは眉間に皺を残し、まだ疑っているようだった。

「どうして香織さんはまだ婚活をしているんですか？　すぐに相手が見つかりそうなのに」

「条件ですね」と間宮さんは言った。「条件が少しばかり厳しいんです」

「香織さんの理想が高いということですか？」

「違います。内村さまが介護しているお母さまとの同居を条件にあげているからです」

へ、と変な声がもれた。

「親の介護をお願いしたいって男性いましたよね。平然と言われた記憶がありますけど」

「はい、おられます。けれど、男性側の収入が多ければ問題ない場合もありますが、女性側となると受け入れる男性は負担が増えてしまいます。女性側に充分な収入があることもありますが、それでもやはり厳しいですね」

「なんですか、それ」と思わず声がうわずる。

「親の面倒をみている女性は結婚できないってことですか？　まだ『家』にいるから？

男性は自分の家の事情を相手に押しつけても良くて、女性は駄目なんですか？」

　間宮さんは背筋を伸ばしたまま私を見つめていた。

「良いとか、悪いではなく、それが現実なんです。お互いの条件が合わないのですよ」

　身売り、と言った香織さんの微笑みがよみがえる。そんな、千年も前と同じだなんて。

「でも、おかしいですよね。そもそも、足りないものを埋めるために相手を探すのが間違ってませんか。結婚しなくても、恋愛しなくても、生活や老後の不安なく生きていける社会が正常なんじゃないですか」

　間宮さんは黙っていた。そんなことを自分に言われても、と思っている気がした。私だってそう思う。でも、あまりにも苦しい。やりきれない。俯くと、「今回は」と声がした。

「お力が及ばず申し訳ありませんでした。再登録はいつでも受けつけておりますので、またご連絡ください」

　顔をあげると、間宮さんはいつもの笑顔を浮かべていた。


　家に帰る気になれなかった。ひとりで整えた居心地の良い部屋に。

　年季の入った深い茶色のカウンターで、なかなか減らないワイングラスを見つめながらマキさんに話した。飽和状態に達した水がこぼれでるようだと、もうひとりの自分が喋り続ける自分を眺めていた。

「あんたが後ろめたく思う必要はないの」とマキさんは言った。「でも、なにが間違っていて、なにが正しいかを決める権利もないわね」

ふらふらとマキさんを見る。マキさんはいつものように赤ワインのグラスをくるくるとまわしていた。虹色のラメの入ったストールが暗い店内で鈍く光る。

「みんな、いろいろよ。それぞれ自分にできる生き方をするしかないの。わかっているでしょう」

はい、とつぶやく。香織さんに罪悪感を抱くことも傲慢なのだ。こうやって落ち込むことも自分のためで、勢いにまかせて私の家にやってきた森崎と変わらない気がした。

「でも、その前の旦那？　彼の気持ち、あたしはちょっとわかるわよ」

見抜かれたようでぎくりとして、それから「マキさんが？」と驚いた。

「前に話したでしょう。あたしは離婚したくないから結婚しないって。うちの男にはね、安心なんかしないで、ずっとこっちを見ていて欲しいの。繋がらないことで繋がりを感じていたいのよ。そんな我が儘を通せることがあたしの矜持に繋がっているんだから」

赤い唇をにっと伸ばして「意外だった？」と笑うマキさんを見た。

「意外に乙女でしたね」

肩を勢いよく叩かれてワインがこぼれる。マスターが無駄のない動きで拭いて、私のグラスに注ぎ足してくれた。マキさんが、こっちにも、というように自分のグラスを振る。

「そんなかわいいもんでもないんだけどね。昔、すごく悲しいことが起きたのよ。いまでも思いだすとつらいわ。何十年経っても、薄れない。忘れたいけれど、その痛みを手離したくない。あんたに話そうとは思わない。あんただけじゃない、古い付き合いのマスターにも、誰にも、話したくないの。その悲しさをね、共有できる相手はあの男しかいないのよ。あの男にとってもあたししかいないの。それが、あたしたちの繋がり。建設的な関係じゃないのはわかっている」

「それは」

「この関係に対してあんたがどう思おうと、それをあたしに伝える必要もないの」

ぴしゃりと言われる。誇り高いマキさんが好きな一方で、拒まれたさびしさがにじむ。

「私はどこかで自分の未来の姿をマキさんに重ねていました」

「まさか。あんたは繋がりを切っていく子よ。だから、好きなのよ、あたしは」

そうなのだろうか。でも、確かに、自分を苦しくする繋がりはいらない。それでいつか後悔するとしても。

「マキさんの言う通り、みんな、いろいろ、なんでしょうね」

アルコールと熟した果実の匂いのする息を吐く。

「あんたもいろいろよね。どう？　いい冒険だった？」

「冒険？」と訊き返す私に、マキさんは歌うように「人生は冒険」と言った。

「間抜けな冒険でした。アラフォーにもなって」

ははっとマキさんが笑った。

「あんたなんかまだまだだよ」

めずらしく私より先に酔いつぶれたマキさんをタクシーに乗せて、夜道を歩いた。マスターがぼそりと「最近、マキさんも飲めなくなってきましたね」と言ったことを思いだす。「充分でしょう」と笑ったけれど、歳の違いをわずかに意識した。

夜道におろしたてのブーティの靴音が高く響く。由井くんのスニーカーのぽくぽくという音が恋しかった。

明るい都会の夜空を見上げる。まだ息は白くならない。いっそ早く冬になってしまえ、と思う。あの、ひとりの輪郭がくっきりする澄んだ空気を身にまといたかった。

そのとき、ふっと甘い香りが鼻をかすめた。小さな火花のようなオレンジ色が脳裏に散らばる。金木犀だ。どこかで咲いているのだろう。甘い一筋の香りが、秋の夜風にのって届く。

由井くん、と思う。嗅覚は完全に戻っただろうか。こうして離れてしまっても、どこかでマリエを嗅いだら私のことを思いだしてくれるのか。

彼が匂いを感じられなくなったとき、昏《くら》く深い穴に落ちてしまったような気分になった。あれは、嗅覚という共有していた世界を失ったさびしさだった。夜桜も紫陽花も私たちが共有した景色だ。本田さんと見た山の緑とは違う。鮮やかで、晴れやかな気持ちになったが、あれはただの良い景色だった。

私がパートナーに望むのは世界を共有することなのかもしれない。色や匂いを記憶に刻んで、また季節が巡っても思いだしたい。そして、思いだしてもらいたい。この金木犀が甘く香る夜も、あの桜が淡く発光していた夜道も。

スマートフォンを鞄からだして電話をかける。

何回かコール音が響いて、「はい」と静かな声が夜道に響いた。銀色の髪が目の裏で揺れた。

話をしようと思った。ひとりになった日からの、いや、もっと前からの、私のささやかな冒険の話をあなたに聞いてもらいたい。

初出　「オール讀物」二〇二二年二月号〜十二月号

装画　荻原美里
装丁　大久保明子

千早茜（ちはや・あかね）

一九七九年北海道生まれ。立命館大学文学部卒業。二〇〇八年「魚」（受賞後「魚神」と改題）で第二一回小説すばる新人賞を受賞し、デビュー。翌年、『魚神』にて第三七回泉鏡花文学賞を受賞。一三年『あとかた』で第二〇回島清恋愛文学賞、二一年『透明な夜の香り』で第六回渡辺淳一文学賞、二三年『しろがねの葉』で第一六八回直木賞を受賞。他の著書に小説『男ともだち』『神様の暇つぶし』『ひきなみ』『赤い月の香り』など、食エッセイ『わるい食べもの』シリーズなどがある。

マリエ

二〇二三年八月三十日　第一刷発行
二〇二三年九月二十五日　第二刷発行

著者　千早茜《ちはやあかね》
発行者　花田朋子
発行所　株式会社 文藝春秋
〒一〇二―八〇〇八
東京都千代田区紀尾井町三―二三
☎〇三―三二六五―一二一一
印刷所　精興社
製本所　大口製本
DTP　言語社

万一、落丁・乱丁の場合は送料当方負担でお取替えいたします。小社製作部宛、お送りください。
定価はカバーに表示してあります。

ISBN978-4-16-391740-5